DRESSLER KLASSIKER

Die Brüder JACOB UND WILHELM GRIMM wurden 1785 bzw. 1786 in Hanau geboren. Sie wuchsen in einer kinderreichen Juristenfamilie auf und gingen später einen gemeinsamen Lebensweg: Beide studierten Rechtswissenschaften, arbeiteten zeitweilig als Bibliothekar und folgten später einem Ruf an die Universität Göttingen. Im Zeitraum von 1812 bis 1822 veröffentlichten sie die dreibändige Sammlung der *Kinder- und Hausmärchen*, die in die Weltliteratur einging. Jacob und Wilhelm Grimm starben 1863 bzw. 1859 in Berlin.

Brüder Grimm

Grimms Märchen

Illustrationen von
Svend Otto S.

Nachwort von
Birgit Dankert

Dressler Verlag · Hamburg

Erstmals im Dressler Verlag erschienen 1985
Nachwort von Birgit Dankert
Titelbild und Illustrationen von Svend Otto S.

Die Illustrationen entstammen der dänischen Ausgabe
Grimms Eventyr, erschienen 1970 bei
Gyldendalske Boghandel, Kopenhagen
Einbandgestaltung: Manfred Limmroth
Gesamtherstellung: CPI – Clausen & Bosse, Leck
Printed 2013
ISBN 978-3-7915-3568-5

www.dressler-verlag.de

Inhalt

Das Waldhaus 7
Die Bremer Stadtmusikanten 14
Der Wolf und die sieben jungen Geißlein 19
Von dem Fischer und seiner Frau 24
Rotkäppchen 35
Der Hase und der Igel 40
Hänsel und Gretel 44
Frau Holle 55
Die goldene Gans 60
Rumpelstilzchen 65
Fundevogel 69
Der Froschkönig oder Der eiserne Heinrich 73
Der alte Sultan 79
Die Bienenkönigin 83
Die kluge Else 86
Der alte Großvater und sein Enkel 92
Der gestiefelte Kater 93
Der Arme und der Reiche 101
Dornröschen 107
Die drei Spinnerinnen 113
Aschenputtel 117
Die kluge Bauerntochter 127
Die drei Männlein im Walde 132
Däumeling 140
Simeliberg 149
Doktor Allwissend 153
Schneewittchen 157

König Drosselbart 169
Das kluge Gretel 176
Das tapfere Schneiderlein 179
Rapunzel 192
Das Bäuerlein im Himmel 198
Des Teufels rußiger Bruder 199
Märchen von einem, der auszog, das
Fürchten zu lernen 204
Die klugen Leute 218

Nachwort 223

Das Waldhaus

Ein armer Holzhauer lebte mit seiner Frau und drei Töchtern in einer kleinen Hütte am Rand eines einsamen Waldes. Eines Morgens, als er wieder an seine Arbeit wollte, sagte er zu seiner Frau: »Lass mir mein Mittagsbrot von dem ältesten Mädchen hinaus in den Wald bringen, ich werde sonst nicht fertig. Und damit es sich nicht verirrt«, setzte er hinzu, »so will ich einen Beutel mit Hirse mitnehmen und die Körner auf den Weg streuen.« Als nun die Sonne mitten über dem Wald stand, machte sich das Mädchen mit einem Topf voll Suppe auf den Weg. Aber die Feld- und Waldsperlinge, die Lerchen und Finken, Amseln und Zeisige hatten die Hirse schon längst aufgepickt und das Mädchen konnte die Spur nicht finden. Da ging es auf gut Glück immerfort, bis die Sonne sank und die Nacht einbrach. Die Bäume rauschten in der Dunkelheit, die Eulen schnarrten und es fing an, ihm

angst zu werden. Da erblickte es in der Ferne ein Licht, das zwischen den Bäumen blinkte. Dort sollten wohl Leute wohnen, dachte es, die mich über Nacht behalten, und ging auf das Licht zu.
Nicht lange, so kam es an ein Haus, dessen Fenster erleuchtet waren. Es klopfte an und eine raue Stimme rief von drinnen »Herein«.
Das Mädchen trat auf die dunkle Diele und pochte an die Stubentür. »Nur herein«, rief die Stimme, und als es öffnete, saß da ein alter eisgrauer Mann an dem Tisch, hatte das Gesicht in beide Hände gestützt, und sein weißer Bart floss über den Tisch herab fast bis auf die Erde. Am Ofen aber lagen drei Tiere, ein Hühnchen, ein Hähnchen und eine bunt gescheckte Kuh. Das Mädchen erzählte dem Alten sein Schicksal und bat um ein Nachtlager. Der Mann sprach:

»Schön Hühnchen,
schön Hähnchen
und du, schöne bunte Kuh,
was sagst du dazu?«

»Duks!«, antworteten die Tiere und das musste wohl heißen »Wir sind es zufrieden«, denn der Alte sprach weiter: »Geh hinaus an den Herd und koch uns ein Abendessen.« Das Mädchen fand in der Küche Überfluss an allem und kochte eine gute Speise, aber an die Tiere dachte es nicht. Es trug die volle Schüssel auf den Tisch, setzte sich zu dem grauen Mann, aß und stillte seinen Hunger. Als es satt war, sprach es: »Aber jetzt bin ich müde, wo ist ein Bett, in das ich mich legen und schlafen kann?« Die Tiere antworteten:

»Du hast mit ihm gegessen,
du hast mit ihm getrunken,
du hast an uns gar nicht gedacht,
nun sieh auch, wo du bleibst die Nacht.«

Da sprach der Alte: »Steig nur die Treppe hinauf, so wirst du eine Kammer mit zwei Betten finden, schüttle sie auf, und decke sie mit weißem Linnen, so will ich auch kommen und mich schlafen legen.« Das Mädchen stieg hinauf, und als es die Betten geschüttelt und frisch gedeckt hatte, legte es sich in das eine, ohne auf den Alten zu warten. Nach einiger Zeit aber kam der graue Mann, beleuchtete das Mädchen mit dem Licht und schüttelte den Kopf. Und als er sah, dass es fest eingeschlafen war, öffnete er eine Falltür und ließ es in den Keller sinken.
Der Holzhauer kam am späten Abend nach Haus und machte seiner Frau Vorwürfe, dass sie ihn den ganzen Tag habe hungern lassen. »Ich habe keine Schuld«, antwortete sie, »das Mädchen ist mit dem Mittagessen hinausgegangen, es muss sich verirrt haben. Morgen wird es schon wiederkommen.« Vor Tagesanbruch aber stand der Holzhauer auf, wollte in den Wald und verlangte, die zweite Tochter sollte ihm diesmal das Essen bringen. »Ich will einen Beutel mit Linsen mitnehmen«, sagte er, »die Körner sind größer als Hirse. Das Mädchen wird sie besser sehen und kann den Weg nicht verfehlen.« Zur Mittagszeit trug auch das Mädchen die Speise hinaus, aber die Linsen waren verschwunden. Die Waldvögel hatten sie, wie am vorigen Tag, aufgepickt und keine übrig gelassen. Das Mädchen irrte im Wald umher, bis es Nacht wurde, da kam es ebenfalls zu dem Haus des Alten, wurde hereingerufen und bat um Speise und Nachtlager. Der Mann mit dem weißen Bart fragte wieder die Tiere:

»Schön Hühnchen,
schön Hähnchen
und du, schöne bunte Kuh,
was sagst du dazu?«

Die Tiere antworteten abermals »duks« und es geschah alles wie am vorigen Tag. Das Mädchen kochte eine gute Speise, aß und trank mit dem Alten und kümmerte sich nicht um die Tiere. Und als es sich nach seinem Nachtlager erkundigte, antworteten sie:

»Du hast mit ihm gegessen,
du hast mit ihm getrunken,
du hast an uns gar nicht gedacht,
nun sieh auch, wo du bleibst die Nacht.«

Als es eingeschlafen war, kam der Alte, betrachtete es mit Kopfschütteln und ließ es in den Keller hinab.
Am dritten Morgen sprach der Holzhacker zu seiner Frau: »Schick mir heute unser jüngstes Kind mit dem Essen hinaus, das ist immer gut und gehorsam gewesen, das wird auf dem rechten Weg bleiben und nicht wie seine Schwestern, die wilden Hummeln, herumschwärmen.« Die Mutter wollte nicht und sprach: »Soll ich mein liebstes Kind auch noch verlieren?« – »Sei ohne Sorge«, antwortete er, »das Mädchen verirrt sich nicht, es ist zu klug und verständig. Außerdem will ich Erbsen mitnehmen und ausstreuen, die sind noch größer als Linsen und werden ihm den Weg zeigen.« Aber als das Mädchen mit dem Korb am Arm hinauskam, so hatten die Waldtauben die Erbsen schon im Kropf, und es wusste nicht, wohin es sich wenden sollte. Es war voll Sorgen und dachte beständig daran, wie der arme Vater hungern und die gute Mutter jammern würde, wenn

es ausbliebe. Endlich, als es finster wurde, erblickte es das Lichtchen und kam an das Waldhaus. Es bat ganz freundlich, sie möchten es über Nacht beherbergen, und der Mann mit dem weißen Bart fragte wieder seine Tiere:

»Schön Hühnchen,
schön Hähnchen
und du, schöne bunte Kuh,
was sagst du dazu?«

»Duks«, sagten sie. Da trat das Mädchen an den Ofen, wo die Tiere lagen, und liebkoste Hühnchen und Hähnchen, indem es mit der Hand über die glatten Federn hinstrich, und die bunte Kuh kraulte es zwischen den Hörnern. Und als es auf Geheiß des Alten eine gute Suppe bereitet hatte und die Schüssel auf dem Tisch stand, so sprach es: »Soll ich mich sättigen und die guten Tiere sollen nichts haben? Erst will ich für sie sorgen.« Da ging es, holte Gerste und streute sie dem Hühnchen und Hähnchen vor und brachte der Kuh wohlriechendes Heu, einen ganzen Arm voll. »Lasst's euch schmecken, ihr lieben Tiere«, sagte es, »und wenn ihr durstig seid, sollt ihr auch einen frischen Trunk haben.« Dann trug es einen Eimer voll Wasser herein, und Hühnchen und Hähnchen sprangen auf den Rand, steckten den Schnabel hinein und hielten den Kopf dann in die Höhe, wie die Vögel trinken, und die bunte Kuh tat auch einen herzhaften Zug. Als die Tiere gefüttert waren, setzte sich das Mädchen zu dem Alten an den Tisch und aß, was er ihm übrig gelassen hatte. Nicht lange, so fingen Hühnchen und Hähnchen an, das Köpfchen zwischen die Flügel zu stecken, und die bunte Kuh blinzelte mit den Augen. Da sprach das Mädchen: »Sollen wir uns nicht zur Ruhe begeben?

Schön Hühnchen,
schön Hähnchen
und du, schöne bunte Kuh,
was sagst du dazu?«

Die Tiere antworteten: »Duks,

du hast mit uns gegessen,
du hast mit uns getrunken,
du hast uns alle wohl bedacht,
wir wünschen dir eine gute Nacht.«

Da ging das Mädchen die Treppe hinauf, schüttelte die Federkissen und deckte frisches Linnen auf, und als es fertig war, kam der Alte und legte sich in das eine Bett, und sein weißer Bart reichte ihm bis an die Füße. Das Mädchen legte sich in das andere, betete und schlief ein. Es schlief ruhig bis Mitternacht, da wurde es so unruhig in dem Haus, dass das Mädchen erwachte. Es fing an, in den Ecken zu knittern und zu knattern, und die Tür sprang auf und schlug an die Wand, die Balken dröhnten, als wenn sie aus ihren Fugen gerissen würden, und es war, als wenn die Treppe herabstürzte, und endlich krachte es, als wenn das ganze Dach zusammenfiele. Da es aber wieder still wurde und dem Mädchen nichts zuleid geschah, so blieb es ruhig liegen und schlief wieder ein. Als es aber am Morgen bei hellem Sonnenschein aufwachte, was erblickten seine Augen? Es lag in einem großen Saal und ringsumher glänzte alles in königlicher Pracht. An den Wänden wuchsen auf grünseidenem Grund goldene Blumen in die Höhe, das Bett war von Elfenbein und die Decke darauf von rotem Samt, und auf einem Stuhl daneben stand ein Paar mit Perlen bestickte Pantoffeln. Das Mädchen glaubte, es wäre ein Traum, aber es traten drei reich gekleidete Diener herein und fragten, was es zu befehlen hätte. »Geht nur«, antwortete das Mädchen, »ich will gleich aufstehen und dem Alten eine Suppe kochen und dann auch schön Hühnchen, schön Hähnchen und die schöne bunte Kuh füttern.« Es dachte, der Alte wäre schon aufgestanden, und sah sich nach seinem Bett um, aber er lag nicht darin, sondern ein fremder Mann. Und als es ihn betrachtete und sah, dass er jung und schön war, erwachte er, richtete sich auf und sprach: »Ich bin ein Königssohn und war von einer bösen Hexe verwünscht worden, als ein alter eisgrauer Mann in dem Wald zu leben. Niemand durfte um mich sein als meine drei Diener in der Gestalt eines Hühnchens, eines Hähnchens und einer bunten Kuh. Und nicht eher sollte die Verwünschung aufhören, als bis ein Mädchen zu uns käme, so gut von Herzen, dass es nicht gegen die Menschen allein, sondern auch gegen die Tiere sich liebreich zeigte, und das bist du gewesen, und heute um Mitternacht sind wir durch dich erlöst und das alte Waldhaus ist wieder in meinen königlichen Palast verwandelt worden.« Als sie aufgestanden waren, sagte der Königssohn zu den drei Dienern, sie sollten hinfahren und Vater und Mutter des Mädchens zur Hochzeitsfeier herbeiholen. »Aber wo sind meine zwei Schwestern?«, fragte das Mädchen. »Die habe ich in den Keller gesperrt, und morgen sollen sie in den Wald geführt werden und sollen so lange bei einem Köhler als Mägde dienen, bis sie sich gebessert haben und auch die armen Tiere nicht hungern lassen.«

Die Bremer Stadtmusikanten

Ein Mann hatte einmal einen Esel, der schon lange Jahre die Säcke unverdrossen zur Mühle getragen hatte, dessen Kräfte aber nun zu Ende gingen, sodass er zur Arbeit nicht mehr taugte. Da dachte der Herr daran, ihm kein Futter mehr zu geben. Aber der Esel merkte, dass sein Herr etwas Böses im Sinn hatte, lief fort und machte sich auf den Weg nach Bremen. Dort, meinte er, könnte er ja Stadtmusikant werden.

Als er schon eine Weile gegangen war, fand er einen Jagdhund am Weg liegen, der keuchte wie einer, der sich müde gelaufen hat. »Warum schnaufst du so, Packan?«, fragte der Esel.

»Ach«, sagte der Hund, »weil ich alt bin, jeden Tag schwächer werde und auch nicht mehr mit auf die Jagd kann, wollte mich mein Herr totschlagen. Da hab ich Reißaus genommen. Aber womit soll ich nun mein Brot verdienen?«

»Weißt du was«, sprach der Esel, »ich gehe nach Bremen und werde dort Stadtmusikant. Geh mit und lass dich auch bei der Musik annehmen. Ich spiele Laute und du schlägst die Pauke.« Der Hund war einverstanden und sie gingen weiter. Es dauerte nicht lange, da saß eine Katze am Weg und machte ein Gesicht wie drei Tage Regenwetter.

»Nun, was ist dir in die Quere gekommen, alter Bartputzer?«, fragte der Esel.

»Wer kann da lustig sein, wenn's einem an den Kragen geht«, antwortete die Katze. »Weil ich nun alt bin, meine Zähne stumpf werden und ich lieber hinter dem Ofen sitze und spinne als nach Mäusen jage, hat mich meine Frau ersäufen wollen. Ich habe mich zwar noch fortgemacht, aber nun ist guter Rat teuer. Wo soll ich hin?«

»Geh mit uns nach Bremen: Du verstehst dich doch auf die Nachtmusik, da kannst du Stadtmusikant werden.« Die Katze hielt das für gut und ging mit. Darauf kamen die drei an einem Hof vorbei, da saß der Haushahn auf dem Tor und schrie aus Leibeskräften. »Du schreist einem durch Mark und Bein«, sprach der Esel, »was hast du vor?«
»Weil morgen zum Sonntag Gäste kommen, hat die Hausfrau kein Erbarmen und hat der Köchin gesagt, sie wollte mich morgen in der Suppe essen, und da soll ich mir heute Abend den Kopf abschneiden lassen. Nun schrei ich aus vollem Hals, solange ich noch kann.«
»Ei was, du Rotkopf«, sagte der Esel, »zieh lieber mit uns fort, wir gehen nach Bremen, etwas Besseres als den Tod findest du überall. Du hast eine gute Stimme, und wenn wir zusammen musizieren, wird es herrlich klappen.« Dem Hahn gefiel der Vorschlag und sie gingen alle vier zusammen fort.
Sie konnten aber die Stadt Bremen in einem Tag nicht erreichen und kamen abends in einen Wald, wo sie übernachten wollten. Der Esel und der Hund legten sich unter einen großen Baum, die Katze kletterte auf einen Ast, und der Hahn flog bis in die Spitze, wo es am sichersten für ihn war.
Ehe er einschlief, sah er sich noch einmal nach allen vier Windrichtungen um. Da bemerkte er einen Lichtschein in der Ferne und rief seinen Gefährten zu, dass in der Nähe ein Haus sein müsse, denn er sehe Licht. Der Esel sagte: »So wollen wir uns aufmachen und noch hingehen, denn hier ist die Herberge schlecht.« Der Hund meinte, ein paar Knochen und etwas Fleisch daran täten ihm auch gut.
Also machten sie sich auf den Weg zu dem Licht und sahen es bald heller schimmern, und es wurde immer größer, bis sie vor ein hell erleuchtetes Räuberhaus kamen. Der Esel, als der Größte, näherte sich dem Fenster und schaute hinein.

»Was siehst du, Grauschimmel?«, fragte der Hahn.
»Was ich sehe?«, antwortete der Esel. »Einen gedeckten Tisch mit schönem Essen und Trinken und Räuber sitzen daran und lassen sich's wohl gehen.«
»Das wäre was für uns«, sprach der Hahn.
»Ja, ja, ach wären wir da!«, sagte der Esel.
Da ratschlagten die Tiere, wie sie es anfangen müssten, um die Räuber hinauszujagen. Endlich fanden sie ein Mittel. Der Esel musste sich mit den Vorderfüßen auf das Fenster stellen, der Hund auf des Esels Rücken springen, die Katze auf den Hund klettern, und endlich flog der Hahn hinauf und setzte sich der Katze auf den Kopf. Als das geschehen war, fingen sie auf ein Zeichen an, ihre Musik zu machen: Der Esel schrie, der Hund bellte, die Katze miaute und der Hahn krähte.
Dann stürzten sie durch das Fenster in die Stube, dass die Scheiben klirrten.
Die Räuber fuhren bei dem entsetzlichen Geschrei in die Höhe, meinten nicht anders, als ein Gespenst käme herein, und flohen in größter Furcht in den Wald hinaus. Nun setzten sich die vier Freunde an den Tisch und nahmen sich, was übrig geblieben war, und aßen so viel, als wenn sie vier Wochen hungern sollten.
Als die Musikanten fertig waren, löschten sie das Licht aus und suchten sich eine Schlafstätte, jeder nach seiner Natur und Bequemlichkeit. Der Esel legte sich auf den Mist, der Hund hinter die Tür, die Katze auf den Herd bei der warmen Asche und der Hahn flog auf das Dach hinauf. Und weil sie müde waren von ihrem langen Weg, schliefen sie auch bald ein.
Als Mitternacht vorbei war und die Räuber von Weitem sahen, dass kein Licht mehr im Haus brannte und auch alles sonst ruhig schien, sprach der Hauptmann: »Wir hät-

ten uns doch nicht ins Bockshorn jagen lassen sollen.« Er schickte einen Räuber, der sollte das Haus untersuchen.
Der Räuber fand alles still und ging in die Küche, ein Licht anzuzünden. Da sah er die feurigen Augen der Katze, und weil er dachte, es wären glühende Kohlen, hielt er ein Streichholz daran, um es anzuzünden. Aber die Katze verstand keinen Spaß, sprang ihm ins Gesicht und kratzte ihn. Da erschrak er gewaltig und wollte zur Hintertür hinauslaufen. Aber der Hund, der da lag, sprang auf und biss ihn ins Bein. Und als der Räuber über den Hof am Misthaufen vorbeirannte, gab ihm der Esel noch einen tüchtigen Schlag mit dem Hinterfuß. Der Hahn aber, der von dem Lärm aus dem Schlaf geweckt worden war, rief vom Dach herunter: »Kikeriki!«
Da lief der Räuber, was er konnte, zu seinem Hauptmann zurück und sprach: »Ach, in dem Haus sitzt eine gräuliche Hexe, die hat mich angefaucht und mir mit ihren langen Fingern das Gesicht zerkratzt. Und vor der Tür steht ein Mann mit einem Messer, der hat mit einer Holzkeule auf mich losgeschlagen! Und oben auf dem Dache, da sitzt der Richter, der rief: ›Bringt mir den Schelm her!‹ Da machte ich, dass ich fortkam.«
Von nun an getrauten sich die Räuber nicht mehr in das Haus. Den vier Bremer Stadtmusikanten aber gefiel's so wohl darin, dass sie nicht wieder hinauswollten.

Der Wolf und die sieben jungen Geisslein

Es war einmal eine alte Geiß, die hatte sieben junge Geißlein. Die hatte sie so lieb, wie eine Mutter ihre Kinder lieb hat. Eines Tages wollte sie in den Wald gehen und Futter holen. Da rief sie alle sieben herbei und sprach: »Liebe Kinder, ich will hinaus in den Wald. Nehmt euch in Acht vor dem Wolf! Wenn er hereinkommt, frisst er euch alle mit Haut und Haar. Der Bösewicht verstellt sich oft, aber an seiner rauen Stimme und an seinen schwarzen Füßen werdet ihr ihn gleich erkennen.«

Die Geißlein sagten: »Liebe Mutter, wir wollen uns in Acht nehmen, du kannst ohne Sorge fortgehen.« Da meckerte die Alte und machte sich getrost auf den Weg.

Es dauerte nicht lange, da klopfte jemand an die Haustür und rief: »Macht auf, ihr lieben Kinder, eure Mutter ist da und hat jedem von euch etwas mitgebracht!«

Aber die Geißlein hörten an der rauen Stimme, dass es der Wolf war. »Wir machen nicht auf«, riefen sie, »du bist nicht unsere Mutter. Die hat eine feine und liebliche Stimme, aber deine Stimme ist rau. Du bist der Wolf!«

Da ging der Wolf fort zu einem Kaufmann und kaufte sich ein großes Stück Kreide. Er aß es auf und machte damit seine Stimme fein.

Dann kam er zurück, klopfte an die Haustür und rief: »Macht auf, ihr lieben Kinder, eure Mutter ist da und hat jedem von euch etwas mitgebracht!«

Aber der Wolf hatte seine schwarze Pfote auf das Fensterbrett gelegt. Das sahen die Kinder und riefen: »Wir machen nicht auf! Unsere Mutter hat keinen schwarzen Fuß wie du. Du bist der Wolf!«

Da lief der Wolf zum Bäcker und sprach: »Ich habe mich an dem Fuß gestoßen, streich mir Teig darüber!«
Als ihm der Bäcker die Pfote bestrichen hatte, lief er zum Müller und sprach: »Streu mir weißes Mehl auf meine Pfote!« Der Müller dachte: Der Wolf will jemanden betrügen – und weigerte sich. Aber der Wolf sprach: »Wenn du es nicht tust, fresse ich dich!« Da fürchtete sich der Müller und machte ihm die Pfote weiß.
Nun ging der Bösewicht zum dritten Mal zu der Haustür, klopfte an und sprach: »Macht auf, Kinder, euer liebes Mütterchen ist heimgekommen und hat jedem von euch etwas aus dem Wald mitgebracht!« Die Geißlein riefen: »Zeig uns zuerst deine Pfote, damit wir wissen, dass du unser liebes Mütterchen bist.«
Da legte der Wolf die Pfote auf das Fensterbrett. Als die Geißlein sahen, dass sie weiß war, glaubten sie, es wäre alles wahr, was er sagte, und machten die Tür auf.
Wer aber hereinkam, das war der Wolf! Die Geißlein erschraken und wollten sich verstecken. Das eine sprang unter den Tisch, das zweite ins Bett, das dritte hinter den Ofen, das vierte in die Küche, das fünfte in den Schrank, das sechste unter die Waschschüssel, das siebente in den Kasten der Wanduhr.
Aber der Wolf fand sie alle und verschluckte eines nach dem andern. Nur das jüngste in dem Uhrkasten, das fand er nicht. Als der Wolf satt war, trollte er sich fort, legte sich draußen auf der grünen Wiese unter einen Baum und schlief ein.
Nicht lange danach kam die alte Geiß aus dem Wald wieder heim. Ach, was musste sie da sehen! Die Haustür sperrangelweit offen, Tisch, Stühle und Bänke waren umgeworfen, die Waschschüssel lag in Scherben, Decke und Kissen waren aus dem Bett gezogen. Sie suchte ihre Kinder, aber

nirgends waren sie zu finden. Sie rief sie nacheinander bei ihren Namen, aber niemand antwortete. Endlich, als sie das jüngste rief, antwortete eine feine Stimme: »Liebe Mutter, ich stecke im Uhrkasten!«
Sie holte es heraus, und es erzählte ihr, dass der Wolf gekommen war und die anderen alle gefressen hatte. Da könnt ihr euch denken, wie die alte Geiß über ihre armen Kinder geweint hat!
Endlich ging sie in ihrem Kummer hinaus und das jüngste Geißlein lief mit. Als sie auf die Wiese kamen, lag der Wolf immer noch unter dem Baum und schnarchte, dass die Äste

zitterten. Die alte Geiß betrachtete ihn von allen Seiten und sah, dass in seinem vollen Bauch sich etwas regte und zappelte. Ach Gott, dachte sie, sollten meine armen Kinder, die er zum Abendbrot hinuntergewürgt hat, noch am Leben sein?

Da musste das Geißlein nach Hause laufen und Schere, Nadel und Zwirn holen. Dann schnitt die Mutter dem Bösewicht den Bauch auf. Kaum hatte sie den ersten Schnitt getan, da streckte auch schon ein Geißlein den Kopf heraus. Und als sie weiterschnitt, sprangen nacheinander alle sechs heraus. Sie waren alle heil und gesund, denn der Wolf hatte sie in seiner Gier ganz hinuntergeschluckt.

Das war eine Freude! Sie herzten ihre liebe Mutter und hüpften wie ein Schneider, der Hochzeit hält. Die Alte aber sagte: »Jetzt geht und sucht Wackersteine, damit wollen wir dem bösen Tier den Bauch füllen, solange es noch schläft.«

Da schleppten die sieben Geißlein in aller Eile Steine herbei und steckten ihm so viele in den Bauch, wie sie nur hineinbringen konnten. Dann nähte ihn die Alte in aller Geschwindigkeit wieder zu, sodass der Wolf nichts merkte und sich nicht einmal regte.

Als er endlich ausgeschlafen hatte, machte er sich auf die Beine. Und weil er von den Steinen im Magen großen Durst bekam, wollte er zu einem Brunnen gehen und trinken. Als er aber anfing zu laufen, stießen die Steine in seinem Bauch aneinander und rappelten. Da rief er:

»Was rumpelt und pumpelt
in meinem Bauch herum?
Ich meinte, es wären sechs Geißlein,
doch sind's lauter Wackerstein.«

Und als er an den Brunnen kam und sich über das Wasser beugte und trinken wollte, da zogen ihn die schweren Steine hinein, und er musste jämmerlich ertrinken.
Als die sieben Geißlein das sahen, kamen sie herbeigelaufen und riefen laut: »Der Wolf ist tot! Der Wolf ist tot!« – und tanzten mit ihrer Mutter vor Freude um den Brunnen herum.

Von dem Fischer und seiner Frau

Es waren einmal ein Fischer und seine Frau, die lebten zusammen in einem Pisspott nahe am Meer. Der Fischer ging jeden Tag an das Meer und angelte; und er angelte und angelte.

So saß er eines Tages wieder einmal bei der Angel und sah immer in das klare Wasser hinein; und er saß und saß. Plötzlich wurde die Angel auf den Grund gezogen, tief hinunter, und als der Fischer sie heraufholte, hing ein großer Butt daran. Da sagte der Butt zu ihm: »Lieber Fischer, ich bitte dich, lass mich leben! Ich bin kein richtiger Fisch, ich bin ein verzauberter Prinz. Was hilft es dir, wenn du mich tötest? Ich würde dir doch nicht schmecken. Wirf mich wieder ins Wasser und lass mich schwimmen.«

»Nun«, sagte der Fischer, »du brauchst gar nicht so viele Worte zu machen. Einen Butt, der sprechen kann, hätte ich schon schwimmen lassen.« Und er warf den Butt wieder in das Wasser und ging nach Hause zu seiner Frau.

»Mann«, sagte die Frau, »hast du denn heute gar nichts gefangen?«

»Nein«, sagte der Fischer, »ich habe einen Butt gefangen. Der sagte, er wäre ein verzauberter Prinz, da habe ich ihn wieder schwimmen lassen.«

»Hast du dir denn nichts von ihm gewünscht?«, fragte die Frau.

»Nein«, sagte der Mann, »was sollte ich mir denn wünschen?«

»Ach«, rief die Frau, »das ist doch schlimm, wenn wir hier immer in dem alten Pisspott wohnen müssen. Da stinkt es und es ist so eklig. Du hättest uns doch ein hübsches Häuschen wünschen können. Geh noch einmal ans Meer, ruf den Fisch und sag ihm, wir wollen ein kleines Häuschen haben. Er erfüllt uns den Wunsch bestimmt.«

»Ach«, sagte der Mann, »warum soll ich da noch hingehen?«

»Ei«, sagte die Frau, »du hast ihm doch das Leben geschenkt, dafür tut er das bestimmt. Geh gleich hin!«

Der Mann wollte immer noch nicht recht. Weil es aber seine Frau durchaus wollte, ging er schließlich doch. Als er an das Meer kam, war das Wasser nicht mehr klar, sondern sah grün und gelb aus. Der Fischer trat an das Ufer und rief:

»Manntje, Manntje, Timpe Te,
Buttje, Buttje in der See,
meine Frau, die Ilsebill,
will nicht so, wie ich wohl will.«

Da kam der Butt angeschwommen und sagte: »Na, was will sie denn?«

»Ach«, sagte der Mann, »ich habe dich doch gefangen, und nun sagt meine Frau, ich hätte mir etwas wünschen sollen. Sie mag nicht mehr in dem Pisspott wohnen, sie möchte gern ein kleines Haus.«

»Geh nur hin«, sagte der Fisch, »sie hat es schon.«

Da ging der Fischer nach Hause und seine Frau saß nicht mehr in dem alten Pisspott. Da stand ein kleines Häuschen und auf einer Bank vor der Tür saß seine Frau. Sie nahm ihn bei der Hand und sagte zu ihm: »Komm nur herein und schau! Nun haben wir es doch viel schöner!« Und sie zeigte ihm die hübsche kleine Stube, die Kammer, in der ihre Betten standen, die Küche mit der Speisekammer, und alles war auf das Beste eingerichtet. Und hinter dem Haus war ein Hof mit Hühnern und Enten und ein kleiner Garten

mit Gemüse und Obstbäumen. »Nun«, sagte die Frau, »ist das nicht nett?«
»Ja«, sagte der Mann, »und so soll es bleiben. Nun wollen wir recht vergnügt leben.«
»Das wollen wir uns noch überlegen«, antwortete die Frau. Dann aßen sie und gingen zu Bett.
So gingen wohl acht oder vierzehn Tage vorüber, da sagte die Frau: »Hör, Mann, dieses Häuschen ist zu eng und Hof und Garten doch zu klein. Der Butt hätte uns wohl auch ein größeres Haus schenken können. Ich möchte in einem großen steinernen Schloss wohnen. Geh zum Butt, er soll uns ein Schloss schenken.«
»Ach, Frau«, sagte der Mann, »das Häuschen ist doch gut genug. Wozu brauchen wir ein Schloss?«
»Ach was«, sagte die Frau, »geh nur hin, der Butt wird das schon tun.«
»Nein, Frau«, sagte der Mann, »der Butt hat uns eben erst das schöne Häuschen gegeben. Ich mag nicht schon wieder kommen. Das könnte den Butt verdrießen.«
»Geh nur hin«, sagte die Frau, »er kann uns das schon noch geben, und er wird es gerne tun. Geh sofort!«
Dem Mann wurde das Herz ganz schwer und er wollte nicht. Er sagte zu sich selbst: »Das ist nicht recht!« Schließlich ging er aber doch. Als er an die See kam, war das Wasser zwar noch still und ruhig, aber ganz violett und grau und dunkelblau und nicht mehr so grün und gelb. Der Fischer stellte sich ans Ufer und rief:

»Manntje, Manntje, Timpe Te,
Buttje, Buttje in der See,
meine Frau, die Ilsebill,
will nicht so, wie ich wohl will.«

»Na, was will sie denn?«, fragte der Fisch.
»Ach«, sagte der Mann bedrückt, »sie will in einem großen steinernen Schloss wohnen.«
»Geh nur hin«, sagte der Butt, »sie steht schon vor der Tür.«
Da ging der Mann heim. Als er aber zu Hause ankam, stand da ein großer steinerner Palast. Seine Frau stand auf der Treppe und wollte gerade hineingehen. Da nahm sie ihn bei der Hand und sagte: »Komm nur herein.« Und so ging er mit ihr hinein. In dem Schloss war eine große Diele aus Marmor. Und viele Diener waren da und rissen die großen Türen auf. Die Wände waren mit seidenen Tapeten bespannt, in den Zimmern standen lauter goldene Stühle und Tische. Von der Decke hingen kristallene Kronleuchter und in allen Räumen lagen Teppiche. Die Tische waren mit den besten Speisen und Getränken gedeckt, dass sie fast zusammenbrachen. Hinter dem Schloss war ein großer Hof mit Pferde- und Kuhställen und den besten Kutschen. In einem wunderschönen Garten blühten die prächtigsten Blumen und standen die feinsten Obstbäume und dahinter erstreckte sich ein großer Park, wohl eine halbe Meile lang. Da gab es Hirsche, Rehe und Hasen und alles, was man sich nur wünschen kann.
»Nun«, sagte die Frau, »ist das nicht schön?«
»Ach ja«, sagte der Mann, »und so soll es auch bleiben. Jetzt wollen wir in diesem Schloss wohnen und zufrieden sein.«
»Das werden wir uns überlegen«, antwortete die Frau. »Wir wollen es erst einmal überschlafen.« Darauf gingen sie zu Bett.
Am anderen Morgen wachte die Frau als Erste auf und sah von ihrem Bett aus das herrliche Land vor sich liegen. Der Mann reckte sich noch, da stieß sie ihn mit dem Ellbogen in die Seite und sagte: »Mann, steh auf und schau einmal

aus dem Fenster! Sag, können wir nicht König werden über all das schöne Land? Geh hin zum Butt und sag, wir wollen hier König und Königin sein!«
»Ach, Frau«, sagte der Mann, »wozu sollen wir König werden? Ich mag kein König sein.«
»Wenn du nicht König sein willst, so will ich Königin sein!«, rief die Frau. »Geh hin zum Butt. Ich will Königin werden!«
»Ach, Frau«, sagte der Mann, »was willst du Königin sein? Das mag ich dem Butt nicht sagen.«
»Warum nicht?«, fragte die Frau. »Geh sofort hin. Ich muss Königin sein!«
Da ging der Mann zum Meer und war ganz betrübt, dass seine Frau Königin sein wollte. Das ist nicht recht, das ist nicht recht, dachte er. Als er an die See kam, war sie ganz schwarz, das Wasser brodelte von unten herauf und stank ganz faul. Der Fischer trat ans Ufer und rief:

»Manntje, Manntje, Timpe Te,
Buttje, Buttje in der See,
meine Frau, die Ilsebill,
will nicht so, wie ich wohl will.«

»Na, was will sie denn?«, fragte der Butt.
»Ach«, sagte der Mann, »sie will Königin werden.«
»Geh nur hin, sie ist es schon«, sagte der Fisch.
Da ging der Mann zurück, und als er zu dem Schloss kam, war es noch größer und prächtiger geworden und hatte sogar einen Turm. Vor dem Tor stand eine Schildwache und da waren viele Soldaten mit Pauken und Trompeten.
Als der Mann in den Palast eintrat, war alles aus purem Marmor mit Gold. Da gingen die Türen zu einem großen Saal auf, in dem der ganze Hofstaat versammelt war, und seine Frau saß auf einem hohen Thron aus Gold und Dia-

manten und hatte eine große goldene Krone auf und ein Zepter aus Gold und Edelsteinen in der Hand. Zu beiden Seiten von ihr standen sechs Jungfrauen in einer Reihe, eine immer einen Kopf kleiner als die andere.
Da ging der Mann zum Thron und sagte: »Ach, Frau, bist du nun Königin?«
»Ja«, sagte die Frau, »nun bin ich Königin.«
Da sah er sie eine Weile an, dann sagte er: »Ach, Frau, wie ist das schön, wenn du Königin bist! Nun wollen wir uns aber auch nichts mehr wünschen.«
»Nein, Mann«, sagte die Frau und war dabei ganz unruhig, »mir wird die Zeit schon lang. Ich kann es gar nicht mehr aushalten. Geh zum Butt. Königin bin ich, nun will ich Kaiserin werden!«
»Ach, Frau«, sagte der Mann, »warum willst du Kaiserin werden?« – »Mann«, sagte die Frau, »geh zum Butt. Ich will Kaiserin werden.« – »Ach, Frau«, sagte der Mann, »Kaiser kann der Fisch nicht machen. Das kann er nicht und kann er nicht.«
»Was?«, sagte die Frau. »Ich bin die Königin und du bist nur mein Mann. Willst du wohl gleich hingehen? Kann der Butt Könige machen, kann er auch Kaiser machen. Ich will Kaiserin sein! Geh sofort zum Butt!«
Da musste der Mann gehen, aber es wurde ihm bange. Während er so ging, dachte er bei sich: Das geht nicht gut aus! Kaiser sein wollen, das ist doch zu unverschämt, der Butt wird böse werden!
Als er an die See kam, war sie ganz schwarz und dick und fing an, von unten herauf zu schäumen. Ein Wirbelwind ging über sie hin, dass sie sich nur so drehte, und dem Mann graute. Da stellte er sich hin und sagte:

»Manntje, Manntje, Timpe Te,
Buttje, Buttje in der See,
meine Frau, die Ilsebill,
will nicht so, wie ich wohl will.«

»Na, was will sie denn?«, fragte der Butt.
»Ach, Butt«, sagte der Fischer, »nun will meine Frau Kaiserin werden.«
»Geh nur hin«, sagte der Butt, »sie ist es schon.«
Da ging der Mann zurück, und als er ankam, war der ganze Palast aus Marmor und mit Figuren aus Alabaster und goldenem Zierrat geschmückt. Vor dem Tor marschierten Soldaten auf und ab. Sie bliesen Trompeten und schlugen Pauken und Trommeln. Im Schloss aber gingen Barone, Grafen und Herzöge umher, gerade als wären sie Diener. Sie machten ihm die Türen auf, die aus purem Gold waren. Als er eintrat, saß seine Frau auf einem hohen Thron, der aus einem Stück Gold war. Sie hatte eine große goldene Krone auf, die mit Brillanten und Edelsteinen besetzt war. In der einen Hand hatte sie ein Zepter, in der anderen den Reichsapfel. Neben ihr standen viele Fürsten und Herzöge in zwei Reihen, einer immer kleiner als der andere. Der Mann stellte sich schüchtern vor den Thron und fragte: »Frau, bist du nun Kaiserin?«
»Ja«, sagte sie, »ich bin Kaiserin.«
Da ging er näher hin und betrachtete sie aufmerksam. Als er sie eine Zeit lang angesehen hatte, sagte er: »Ach, Frau, wie ist das schön, dass du Kaiserin bist!«
»Mann«, sagte sie, »was stehst du da? Ich bin ja nun Kaiserin, jetzt will ich aber auch Papst werden! Geh hin zum Butt und sag es ihm!«
»Ach, Frau«, sagte der Mann, »was willst du denn nicht noch alles werden! Papst kannst du nicht werden, den Papst

gibt es nur einmal in der Christenheit. Das kann der Butt nicht machen!«

»Mann«, sagte sie, »ich will Papst werden!«

»Nein, Frau«, sagte der Mann, »das mag ich ihm nicht sagen, das geht nicht gut aus, das ist zu viel verlangt. Zum Papst kann dich der Butt doch nicht machen.«

»Mann, red kein dummes Zeug!«, sagte die Frau. »Kann er Kaiser machen, so kann er auch Päpste machen. Geh sofort hin, ich bin die Kaiserin, und du bist nur mein Mann, ich befehle es dir!«

Da wurde dem Mann ganz angst und er ging los. Er zitterte und bebte und die Knie schlotterten ihm. Plötzlich erhob sich ein Wind, die Wolken flogen, und es wurde so düster, als wäre es Abend. Das Wasser brauste, als kochte es, und platschte an das Ufer. In der Ferne sah der Mann Schiffe, die gaben Notschüsse ab und tanzten und sprangen auf den Wogen.

Der Himmel war in der Mitte noch ein bisschen blau, aber an den Seiten zog es herauf wie ein schweres Gewitter.

Da stellte sich der Mann ganz verzagt hin und sagte:

»Manntje, Manntje, Timpe Te,
Buttje, Buttje in der See,
meine Frau, die Ilsebill,
will nicht so, wie ich wohl will.«

»Na, was will sie denn?«, fragte der Butt.

»Ach«, sagte der Mann, »sie will Papst werden.«

»Geh nur hin, sie ist es schon«, sagte der Butt.

Da ging der Mann hin, und als er ankam, war da ein großes Gebäude wie eine Kirche, von lauter Palästen umgeben. Da drängte er sich durch das Volk. Drinnen war alles mit Tausend und Abertausend Lichtern erleuchtet, und seine Frau

saß, ganz in Gold gekleidet, auf einem noch viel höheren Thron und hatte drei goldene Kronen auf. Zu beiden Seiten des Thrones standen zwei Reihen von Lichtern, das größte so dick und groß wie der allergrößte Turm, bis zu dem allerkleinsten Küchenlicht, und die Kaiser und Könige lagen vor ihr auf den Knien und küssten ihr den Pantoffel.
»Frau«, sagte der Mann und sah sie an, »bist du nun Papst?«
»Ja«, sagte sie, »ich bin Papst.«
Dem Mann war, als sähe er in die helle Sonne. Als er seine Frau eine Zeit lang angesehen hatte, sagte er: »Frau, wie ist es schön, dass du nun Papst bist!«
Sie aber saß ganz steif wie ein Baum und rührte und regte sich nicht. Da sagte er: »Frau, nun sei zufrieden. Mehr als Papst kannst du doch nicht mehr werden.«
»Das werde ich mir noch überlegen«, sagte die Frau. Dann gingen sie beide zu Bett.
Aber die Frau war noch immer nicht zufrieden, die Gier ließ sie nicht schlafen. Sie dachte immer darüber nach, was sie noch werden könnte. Der Mann schlief gut und fest, er hatte am Tag viel laufen müssen. Die Frau aber konnte nicht einschlafen und warf sich die ganze Nacht von einer Seite auf die andere. Immer dachte sie darüber nach, was sie wohl noch werden könnte. Es fiel ihr aber nichts ein.
Als endlich die Sonne aufging und sie das Morgenrot sah, richtete die Frau sich im Bett auf und blickte hinaus. Ha, dachte sie, kann ich nicht die Sonne und den Mond aufgehen lassen? »Mann«, sagte sie und stieß ihn mit dem Ellbogen in die Rippen, »wach auf! Geh zum Butt und sag ihm, ich will werden wie der liebe Gott!«
Der Mann war noch ganz schlaftrunken, aber er erschrak so, dass er aus dem Bett fiel. Er meinte, er hätte sich verhört, rieb sich die Augen und fragte: »Was sagst du?«

»Mann«, sagte sie, »wenn ich nicht selbst die Sonne und den Mond aufgehen lassen kann, hab ich keine ruhige Stunde mehr.«
Dabei sah sie ihn so böse an, dass ihn ein Schauder überlief.
»Gleich geh hin, ich will werden wie der liebe Gott!«
»Ach, Frau«, sagte der Mann und fiel vor ihr auf die Knie, »das kann der Butt nicht. Kaiser und Papst kann er machen, ich bitte dich, geh in dich und bleib Papst!«
Da geriet die Frau in große Wut. Die Haare flogen ihr wild um den Kopf, sie trat ihn mit dem Fuß und schrie: »Ich halte das nicht aus! Ich halte das nicht länger aus! Willst du sofort hingehen?!«
Da zog der Fischer seine Hosen an und lief wie von Sinnen fort. Draußen aber ging ein Sturm und brauste, dass der Mann kaum auf den Füßen stehen konnte. Häuser und Bäume wurden umgeweht, die Berge bebten, und Felsstücke rollten in die See. Der Himmel war pechschwarz und es donnerte und blitzte. Das Meer ging in schwarzen Wogen, die so hoch wie Kirchtürme und Berge waren, und oben hatten sie eine weiße Schaumkrone. Da schrie er, und er konnte sein eigenes Wort nicht hören:

»Manntje, Manntje, Timpe Te,
Buttje, Buttje in der See,
meine Frau, die Ilsebill,
will nicht so, wie ich wohl will.«

»Na, was will sie denn?«, fragte der Butt.
»Ach«, sagte der Mann, »sie will werden wie der liebe Gott!«
»Geh nur hin, sie sitzt schon wieder in dem alten Pisspott.«
Und da sitzen sie noch bis auf den heutigen Tag.

Rotkäppchen

Es war einmal ein kleines liebes Mädchen, das hatte jeder gern, der es nur ansah. Am allerliebsten aber hatte es seine Großmutter, die wusste gar nicht, was sie dem Kind alles geben sollte. Einmal schenkte sie ihm ein Käppchen aus rotem Samt, und weil ihm das so gut stand und es nichts anderes mehr tragen wollte, hieß das Mädchen nur noch Rotkäppchen.

Eines Tages sagte seine Mutter zu ihm: »Komm, Rotkäppchen, da hast du ein Stück Kuchen und eine Flasche Wein, bring das der Großmutter. Sie ist krank und schwach und es wird ihr guttun. Mach dich auf, bevor es heiß wird, und wenn du hinauskommst, so geh nicht vom Weg ab, sonst fällst du und zerbrichst das Glas, und die Großmutter hat nichts. Und wenn du in ihre Stube kommst, so vergiss nicht, Guten Morgen zu sagen, und guck nicht erst in allen Ecken herum.«

»Ich will schon alles gut machen«, sagte Rotkäppchen zur Mutter. Die Großmutter wohnte draußen im Wald, eine halbe Stunde vom Dorf entfernt. Als nun Rotkäppchen in den Wald kam, begegnete ihm der Wolf. Rotkäppchen aber wusste nicht, was das für ein böses Tier war, und fürchtete sich nicht vor ihm.

»Guten Tag, Rotkäppchen«, sprach er.

»Guten Tag, Wolf.«

»Wohin so früh, Rotkäppchen?«, fragte er.

»Zur Großmutter.«

»Was trägst du da?«

»Kuchen und Wein. Gestern haben wir gebacken, damit soll sich die kranke und schwache Großmutter stärken.«

»Rotkäppchen, wo wohnt deine Großmutter?«

»Noch eine gute Viertelstunde weiter im Wald, unter den drei großen Eichbäumen, da steht ihr Haus. Unten sind die Nusshecken, das wirst du ja wissen«, sagte Rotkäppchen.
Der Wolf dachte: Das junge zarte Ding, das ist ein fetter Bissen, der wird noch besser schmecken als die Alte. Ich muss es listig anfangen, damit ich beide schnappe. Er ging ein Weilchen neben Rotkäppchen her, dann sagte er: »Rotkäppchen, sieh einmal die schönen Blumen, die überall stehen, warum guckst du dich nicht um? Ich glaube, du hörst gar nicht, wie lieblich die Vögel singen? Du gehst ja so dahin, als wenn du zur Schule gingest, und es ist so lustig draußen im Wald.« Rotkäppchen schlug die Augen auf, und als es sah, wie die Sonnenstrahlen durch die Bäume hin und her tanzten und alles voll schöner Blumen stand, dachte es: Wenn ich der Großmutter einen frischen Strauß mitbringe, wird es ihr Freude machen. Es ist so früh am Tag, dass ich doch noch zur rechten Zeit komme. Es lief

vom Weg ab in den Wald hinein und suchte Blumen. Und wenn es eine Blume gepflückt hatte, meinte es, weiter weg stände eine noch schönere, und so geriet es immer tiefer in den Wald hinein. Der Wolf aber ging geradewegs zu dem Haus der Großmutter und klopfte an die Tür.

»Wer ist draußen?«

»Rotkäppchen. Ich bringe dir Kuchen und Wein, mach auf.«

»Drück nur auf die Klinke«, rief die Großmutter, »ich bin zu schwach und kann nicht aufstehen.«

Der Wolf drückte auf die Klinke, die Tür sprang auf, und er ging, ohne ein Wort zu sprechen, zum Bett der Großmutter und verschluckte sie. Dann zog er ihre Kleider an, setzte ihre Haube auf, legte sich in ihr Bett und zog die Vorhänge zu.

Rotkäppchen aber hatte noch lange Blumen gepflückt. Als es so viele waren, dass es keine mehr tragen konnte, fiel ihm die Großmutter wieder ein, und es machte sich auf den

Weg zu ihr. Rotkäppchen wunderte sich, dass die Tür offen stand. Und als es in die Stube trat, kam ihm alles so seltsam darin vor, dass es dachte: Ei, du mein Gott, wie ängstlich wird mir's heut zumute, und ich bin doch sonst so gern bei Großmutter!

Es rief: »Guten Morgen!«

Es bekam aber keine Antwort. Darauf ging Rotkäppchen zum Bett und zog die Vorhänge zurück. Da lag die Großmutter und hatte die Haube tief im Gesicht und sah so merkwürdig aus.

»Ei, Großmutter, was hast du für große Ohren!«

»Damit ich dich besser hören kann.«

»Ei, Großmutter, was hast du für große Augen!«

»Damit ich dich besser sehen kann.«

»Ei, Großmutter, was hast du für große Hände!«

»Damit ich dich besser packen kann.«

»Aber, Großmutter, was hast du für ein entsetzlich großes Maul!«

»Damit ich dich besser fressen kann.«

Kaum hatte der Wolf das gesagt, sprang er aus dem Bett und verschlang das arme Rotkäppchen.

Als der Wolf nun seinen Hunger gestillt hatte, legte er sich wieder ins Bett, schlief ein und fing laut an zu schnarchen. Der Jäger ging an dem Haus vorbei und dachte: Wie die alte Frau schnarcht, du musst doch sehen, ob ihr etwas fehlt. Er trat in die Stube, und als er vor das Bett kam, sah er, dass der Wolf darin lag. »Finde ich dich hier, du alter Sünder«, sagte er, »ich habe dich schon lange gesucht.«

Nun wollte er sein Gewehr anlegen, aber da fiel ihm ein, der Wolf könnte die Großmutter gefressen haben und sie sei vielleicht noch zu retten. Darum schoss er nicht, sondern nahm eine Schere und fing an, dem schlafenden Wolf den Bauch aufzuschneiden. Als er ein paar Schnitte getan hatte, sah er das rote Käppchen leuchten, und noch ein paar Schnitte, da sprang das Mädchen heraus und rief: »Ach, wie habe ich mich gefürchtet! Es war so dunkel in dem Bauch des Wolfs!«

Und da kam auch noch die Großmutter lebendig heraus. Rotkäppchen aber holte schnell große Steine, damit füllten sie dem Wolf den Bauch. Und als der Wolf wieder aufwachte, wollte er fortlaufen, aber die Steine waren so schwer, dass er gleich tot umfiel.

Da waren alle drei vergnügt. Der Jäger zog dem Wolf den Pelz ab und ging damit heim, die Großmutter aß den Kuchen und trank den Wein, den Rotkäppchen mitgebracht hatte, und erholte sich wieder. Rotkäppchen aber dachte: Du willst nie wieder vom Weg ab in den Wald laufen, wenn's dir die Mutter verboten hat.

Der Hase und der Igel

Es war an einem Sonntagmorgen zur Herbstzeit, gerade als der Buchweizen blühte. Die Sonne war golden am Himmel aufgegangen, der Morgenwind strich warm über die Felder, die Lerchen sangen in der Luft, die Bienen summten im Buchweizen und die Leute gingen in ihrem Sonntagsstaat in die Kirche. Alle Welt war vergnügt und der Igel war es auch.

Der Igel stand vor seiner Tür, hatte die Arme verschränkt, guckte dabei in den Morgenwind und trällerte ein kleines Liedchen vor sich hin, so gut oder schlecht ein Igel am lieben Sonntagmorgen singen kann. Während er noch so halblaut vor sich hin sang, fiel ihm auf einmal ein, er könnte, während seine Frau die Kinder wusch und anzog, ein bisschen auf das Feld hinausspazieren und nach seinen Steckrüben sehen. Die Steckrüben wuchsen nahe bei seinem Haus, und er aß oft davon; darum betrachtete er sie auch als seine. Gesagt, getan.

Der Igel machte die Haustür hinter sich zu und schlug den Weg zum Feld ein. Er war noch nicht weit von seinem Haus entfernt und war gerade zu dem Schlehenbusch gekommen, der am Rande des Ackers stand, da begegnete er dem Hasen, der in ähnlichen Geschäften ausgegangen war, er wollte nämlich nach seinem Kohl sehen.

Als der Igel den Hasen bemerkte, wünschte er ihm freundlich einen guten Morgen. Der Hase aber, der ein sehr vornehmer Herr und schrecklich hochmütig war, gab dem Igel auf seinen freundlichen Gruß gar keine Antwort, sondern setzte eine höhnische Miene auf und sagte: »Wie kommt es denn, dass du schon so früh am Morgen hier auf dem Feld herumläufst?«

»Ich gehe spazieren«, sagte der Igel.
»Spazieren?«, lachte der Hase. »Mir scheint, du könntest deine Beine auch zu besseren Dingen gebrauchen.«
Diese Antwort verdross den Igel sehr, denn er konnte alles vertragen, aber auf seine Beine ließ er nichts kommen, eben weil sie von Natur aus ein wenig krumm waren.
»Du bildest dir wohl ein«, sagte er zum Hasen, »dass du mit deinen Beinen mehr ausrichten kannst?«
»Das glaube ich«, sagte der Hase.
»Das käme auf einen Versuch an«, meinte der Igel. »Ich wette, wenn wir um die Wette laufen, laufe ich ja doch an dir vorbei.«
»Das ist doch zum Lachen, du mit deinen krummen Beinen!«, sagte der Hase. »Aber meinetwegen können wir's ja probieren, wenn du so übergroße Lust hast. Was gilt die Wette?«
»Ein Goldstück und eine Flasche Branntwein«, sagte der Igel.
»Angenommen«, sprach der Hase. »Schlag ein und dann kann es gleich losgehen!«
»Nein, so große Eile hat es nicht«, meinte der Igel. »Ich bin noch nüchtern. Erst will ich nach Hause gehen und ein bisschen frühstücken. In einer halben Stunde bin ich wieder hier auf diesem Platz.«
Damit ging der Igel nach Hause, denn der Hase war damit einverstanden. Unterwegs dachte der Igel: Der Hase verlässt sich auf seine langen Beine, aber ich werd's ihm schon zeigen! Er ist zwar ein vornehmer Herr, aber ein dummer Kerl, und bezahlen soll er doch!
Als nun der Igel zu Hause ankam, sagte er zu seiner Frau: »Frau, zieh dich schnell an, du musst mit mir auf das Feld hinaus.«
»Was gibt es denn?«, fragte seine Frau.

»Ich habe mit dem Hasen um ein Goldstück und eine Flasche Branntwein gewettet. Ich will mit ihm um die Wette laufen und da sollst du mit dabei sein.«

»Oh mein Gott, Mann!«, schrie die Igelfrau. »Bist du nicht recht gescheit? Hast du denn ganz den Verstand verloren? Wie kannst du mit dem Hasen um die Wette laufen wollen?«

»Halt den Mund, Frau«, sagte der Igel, »das ist meine Sache. Misch dich nicht in Männersachen! Marsch, zieh dich an und dann komm mit!« Was sollte die Frau des Igels also machen? Sie musste folgen, mochte sie wollen oder nicht.

Als sie nun miteinander unterwegs waren, sagte der Igel zu seiner Frau: »Nun pass auf, was ich dir sage. Siehst du, auf dem langen Acker wollen wir unseren Wettlauf machen. Der Hase läuft in der einen Furche und ich in der anderen, und von oben fangen wir zu laufen an. Du hast nun nichts zu tun, als dich hier weiter unten in die Furche zu stellen. Wenn der Hase in seiner Furche hier ankommt, rufst du ihm entgegen: ›Ich bin schon da!‹«

Damit waren sie bei dem Acker angelangt, der Igel wies seiner Frau ihren Platz an und ging den Acker hinauf. Als er oben ankam, war der Hase schon da. »Kann es losgehen?«, fragte er.

»Jawohl«, antwortete der Igel.

»Dann nur zu!« Und damit stellte sich jeder in seine Furche. Der Hase zählte: »Eins – zwei – drei!« –, und los ging es wie ein Sturmwind den Acker hinunter.

Der Igel aber lief nur ein paar Schritte, dann duckte er sich in die Furche und blieb ruhig sitzen.

Als nun der Hase in vollem Lauf am anderen Ende des Ackers ankam, rief ihm die Frau des Igels entgegen: »Ich bin schon da!«

Der Hase stutzte und wunderte sich nicht wenig. Er dachte, dass es der Igel selbst wäre, der ihm das zurief, denn bekanntlich sieht des Igels Frau genauso aus wie ihr Mann. Der Hase aber meinte: »Das geht nicht mit rechten Dingen zu!« Er rief: »Noch einmal gelaufen, wieder zurück!« Und wieder raste er wie ein Sturmwind, sodass seine Ohren ihm am Kopf flogen. Die Frau des Igels aber blieb ruhig auf ihrem Platz.

Als der Hase nun oben ankam, rief ihm der Igel entgegen: »Ich bin schon da!« Der Hase war ganz außer sich vor Ärger und schrie: »Noch mal gelaufen! Wieder zurück!«

»Mir recht«, antwortete der Igel, »meinetwegen so oft, wie du Lust hast.«

So lief der Hase dreiundsiebzigmal und der Igel hielt immer mit. Jedes Mal, wenn der Hase oben oder unten ankam, rief der Igel oder seine Frau: »Ich bin schon da!«

Beim vierundsiebzigsten Mal kam der Hase nicht mehr bis ans Ziel. Mitten auf dem Acker stürzte er zu Boden und blieb tot liegen. Der Igel aber nahm sein gewonnenes Goldstück und die Flasche Branntwein, rief seine Frau, und beide gingen vergnügt nach Hause. Und wenn sie nicht gestorben sind, so leben sie noch heute.

Hänsel und Gretel

Vor einem großen Walde wohnte ein armer Holzhacker mit seiner Frau und seinen zwei Kindern. Der Junge hieß Hänsel und das Mädchen Gretel. Er war so arm, dass er nicht das tägliche Brot für sie beschaffen konnte. Wie er sich nun abends im Bett Gedanken machte und sich vor Sorgen herumwälzte, seufzte er und sprach zu seiner Frau: »Was soll aus uns werden? Wie können wir die armen Kinder ernähren, da wir für uns selbst nichts mehr haben?«
»Weißt du was, Mann«, antwortete die Frau, »wir wollen morgen in aller Frühe die Kinder hinaus in den Wald führen, wo er am dichtesten ist. Da machen wir ihnen ein Feuer an und geben jedem noch ein Stückchen Brot. Dann gehen wir an unsere Arbeit und lassen sie allein. Sie finden den Weg nicht wieder nach Haus und wir sind sie los.«
»Nein, Frau«, sagte der Mann, »das tue ich nicht; wie sollte ich's übers Herz bringen, meine Kinder im Wald allein zu lassen, die wilden Tiere würden bald kommen und sie zerreißen.«
»Oh du Narr!«, sagte sie. »Dann müssen wir alle vier hungers sterben, du kannst nur die Bretter für die Särge hobeln«, und sie ließ ihm keine Ruhe, bis er einwilligte.
»Aber die armen Kinder dauern mich doch«, sagte der Mann.
Die zwei Kinder hatten vor Hunger auch nicht einschlafen können und hatten gehört, was die Stiefmutter zum Vater gesagt hatte. Gretel weinte bittere Tränen und sprach zu Hänsel: »Nun ist's um uns geschehen.«
»Still, Gretel«, sprach Hänsel, »gräme dich nicht, ich will uns schon helfen.«
Als die Alten eingeschlafen waren, stand er auf, zog seine

Jacke an, machte die Tür auf und schlich sich hinaus. Da schien der Mond ganz hell, und die weißen Kieselsteine, die vor dem Haus lagen, glänzten wie lauter Silber. Hänsel bückte sich und steckte so viele in seine Rocktasche, wie nur hineinpassten. Dann ging er wieder zurück, sprach zu Gretel: »Sei getrost, liebes Schwesterchen, und schlaf nur ruhig ein. Gott wird uns nicht verlassen«, und legte sich wieder in sein Bett. Als der Tag anbrach, noch ehe die Sonne aufgegangen war, kam schon die Frau und weckte die beiden Kinder.
»Steht auf, ihr Faulenzer, wir wollen in den Wald gehen und Holz holen.«
Dann gab sie jedem ein Stückchen Brot und sprach: »Da habt ihr etwas für den Mittag, aber esst's nicht vorher auf, weiter kriegt ihr nichts.«
Gretel nahm das Brot unter die Schürze, weil Hänsel die Steine in der Tasche hatte. Danach machten sie sich alle zusammen auf den Weg in den Wald.
Als sie ein Weilchen gegangen waren, stand Hänsel still und guckte nach dem Haus zurück und tat das wieder und immer wieder. Der Vater sprach: »Hänsel, was guckst du da und bleibst zurück, hab acht und vergiss deine Beine nicht.«
»Ach, Vater«, sagte Hänsel, »ich sehe nach meinem weißen Kätzchen, das sitzt oben auf dem Dach und will mir Ade sagen.«
Die Frau sprach: »Narr, das ist dein Kätzchen nicht, das ist die Morgensonne, die auf den Schornstein scheint.«
Hänsel aber hatte nicht nach dem Kätzchen gesehen, sondern immer einen von den blanken Kieselsteinen aus seiner Tasche auf den Weg geworfen.
Als sie mitten in den Wald gekommen waren, sprach der Vater: »Nun sammelt Holz, ihr Kinder, ich will ein Feuer anmachen, damit ihr nicht friert.«

Hänsel und Gretel trugen Reisig zusammen, einen kleinen Berg hoch. Das Reisig wurde angezündet, und als die Flamme recht hoch brannte, sagte die Frau: »Nun legt euch ans Feuer, ihr Kinder, und ruht euch aus, wir gehen in den Wald und hauen Holz. Wenn wir fertig sind, kommen wir wieder und holen euch ab.«
Hänsel und Gretel saßen am Feuer, und als der Mittag kam, aß jedes sein Stückchen Brot. Und weil sie die Schläge der Holzaxt hörten, glaubten sie, ihr Vater wäre in der Nähe. Es war aber nicht die Axt, es war ein Ast, den er an einen dürren Baum gebunden hatte und den der Wind hin und her schlug. Und als sie so lange gesessen hatten, fielen ihnen die Augen vor Müdigkeit zu, und sie schliefen fest ein. Als sie endlich erwachten, war es schon finstere Nacht. Gretel fing an zu weinen und sprach: »Wie sollen wir nun aus dem Wald kommen?«
Hänsel aber tröstete sie: »Wart nur ein Weilchen, bis der Mond aufgegangen ist, dann wollen wir den Weg schon finden.«
Und als der volle Mond aufgestiegen war, nahm Hänsel sein Schwesterchen an der Hand und ging den Kieselsteinen nach, die wie Silber schimmerten und ihnen den Weg zeigten. Sie gingen die ganze Nacht hindurch und kamen bei anbrechendem Tag wieder zu ihres Vaters Haus. Sie klopften an die Tür, und als die Frau aufmachte und sah, dass es Hänsel und Gretel waren, sprach sie: »Ihr bösen Kinder, was habt ihr so lange im Wald geschlafen, wir haben geglaubt, ihr wolltet gar nicht wiederkommen.«
Der Vater aber freute sich, denn es war ihm zu Herzen gegangen, dass er sie so allein zurückgelassen hatte.
Nicht lange danach war wieder Not in allen Ecken, und die Kinder hörten, wie die Mutter nachts im Bett zu dem Vater sprach: »Alles ist wieder aufgegessen, wir haben noch einen

halben Laib Brot, mehr nicht. Die Kinder müssen fort, wir wollen sie tiefer in den Wald hineinführen, damit sie den Weg nicht wieder herausfinden. Es gibt sonst keine Rettung für uns.«

Dem Mann wurde das Herz schwer und er dachte: Es wäre besser, dass du den letzten Bissen mit deinen Kindern teiltest. Aber die Frau hörte auf nichts, was er sagte, schalt ihn und machte ihm Vorwürfe. Wer A sagt, muss auch B sagen, und weil er das erste Mal nachgegeben hatte, so musste er es auch zum zweiten Mal.

Die Kinder waren aber noch wach und hatten das Gespräch mit angehört. Als die Alten schliefen, stand Hänsel wieder auf, wollte hinaus und Kieselsteine auflesen wie das vorige Mal. Aber die Frau hatte die Tür verschlossen und er konnte nicht hinaus.

Aber Hänsel tröstete sein Schwesterchen und sprach: »Weine nicht, Gretel, und schlaf nur ruhig, der liebe Gott wird uns schon helfen.« Am frühen Morgen kam die Frau und holte die Kinder aus dem Bett. Sie erhielten ihr Stückchen Brot, das war aber noch kleiner als das vorige Mal. Auf dem Weg zum Wald zerbröckelte es Hänsel in der Tasche, stand oft still und warf ein Bröckchen auf die Erde.

»Hänsel, was stehst du da und guckst dich um«, sagte der Vater, »geh deiner Wege.«

»Ich sehe nach meinem Täubchen, das sitzt auf dem Dach und will mir Ade sagen«, antwortete Hänsel.

»Narr«, sagte die Frau, »das ist nicht dein Täubchen, das ist die Morgensonne, die auf den Schornstein oben scheint.«

Hänsel aber warf nach und nach alle Bröckchen auf den Weg.

Die Frau führte die Kinder noch tiefer in den Wald, wo sie noch nie gewesen waren. Da zündeten sie wieder ein großes Feuer an, und die Mutter sagte: »Bleibt nur da sitzen, Kinder, und wenn ihr müde seid, könnt ihr ein wenig schlafen. Wir gehen in den Wald und hauen Holz, und abends, wenn wir fertig sind, kommen wir und holen euch ab.« Als es Mittag war, teilte Gretel ihr Brot mit Hänsel, der sein Stück auf den Weg gestreut hatte. Dann schliefen sie ein, und der Abend verging, aber niemand kam zu den armen Kindern. Sie erwachten erst in der finsteren Nacht, und Hänsel tröstete sein Schwesterchen und sagte: »Wart nur, Gretel, bis der Mond aufgeht, dann werden wir die Brotbröckchen sehen, die ich ausgestreut habe, die zeigen uns den Weg nach Haus.«

Als der Mond kam, machten sie sich auf, aber sie fanden kein Bröckchen mehr, denn die vielen Vögel, die im Wald und im Feld umherfliegen, hatten sie weggepickt.

Hänsel sagte zu Gretel: »Wir werden den Weg schon finden«, aber sie fanden ihn nicht. Sie gingen die ganze Nacht und einen Tag von Morgen bis Abend, aber sie kamen aus dem Wald nicht heraus und waren so hungrig, denn sie hatten nichts als ein paar Beeren, die auf der Erde wuchsen. Und weil sie so müde waren, dass die Beine sie nicht mehr tragen wollten, legten sie sich unter einen Baum und schliefen ein. Nun war's schon der dritte Morgen, dass sie ihres Vaters Haus verlassen hatten. Sie fingen wieder an zu gehen, aber sie gerieten immer tiefer in den Wald, und wenn nicht bald Hilfe kam, so mussten sie verhungern. Als es Mittag war, sahen sie ein schönes schneeweißes Vöglein auf einem Ast sitzen, das sang so schön, dass sie stehen blieben und ihm zuhörten. Und als es fertig war, schwang es seine Flügel und flog vor ihnen her, und sie gingen ihm nach, bis sie zu einem Häuschen kamen, auf dessen Dach es sich setzte. Als sie ganz nah herankamen, sahen sie, dass das Häuschen aus Brot gebaut war und mit Kuchen gedeckt; aber die Fenster waren von hellem Zucker.

»Da wollen wir uns dranmachen«, sprach Hänsel, »und eine gesegnete Mahlzeit halten. Ich will ein Stück vom Dach essen, Gretel, du kannst vom Fenster essen, das schmeckt süß.«
Hänsel reichte in die Höhe und brach sich ein wenig vom Dach ab, um zu versuchen, wie es schmeckte, und Gretel stellte sich an die Scheiben und knusperte daran. Da rief eine feine Stimme aus der Stube heraus:

»Knusper, knusper, knäuschen,
wer knuspert an meinem Häuschen?«

Die Kinder antworteten:

»Der Wind, der Wind,
das himmlische Kind«,

und aßen weiter, ohne sich irremachen zu lassen. Hänsel, dem das Dach sehr gut schmeckte, riss sich ein großes Stück davon heraus, setzte sich nieder und ließ es sich gut schmecken, und Gretel stieß eine ganze runde Fensterscheibe heraus, setzte sich nieder und aß sie.
Da ging auf einmal die Tür auf und eine steinalte Frau, die sich auf eine Krücke stützte, kam herausgeschlichen. Hänsel und Gretel erschraken so sehr, dass sie fallen ließen, was sie in Händen hielten. Die Alte aber wackelte mit dem Kopf und sprach: »Ei, ihr lieben Kinder, wer hat euch hierhergebracht? Kommt nur herein und bleibt bei mir, es geschieht euch kein Leid.«
Sie fasste beide an der Hand und führte sie in ihr Häuschen. Da wurde gutes Essen aufgetragen, Milch und Pfannkuchen mit Zucker, Äpfel und Nüsse. Danach wurden zwei schöne Bettlein weiß gedeckt, und Hänsel und Gretel legten sich hinein und meinten, sie wären im Himmel.

Die Alte hatte sich aber nur so freundlich gestellt. Sie war eine böse Hexe, die den Kindern auflauerte, und sie hatte das Brothäuschen bloß gebaut, um sie herbeizulocken. Wenn ein Kind in ihre Gewalt kam, so machte sie es tot, kochte es und aß es, und das war ihr ein Festtag. Die Hexen haben rote Augen und können nicht weit sehen, aber sie haben eine feine Witterung wie Tiere und merken, wenn Menschen herankommen. Als Hänsel und Gretel in ihre Nähe kamen, da lachte sie boshaft und sprach höhnisch: »Die habe ich, die sollen mir nicht wieder entwischen!«

Frühmorgens, ehe die Kinder erwacht waren, stand sie schon auf, und als sie beide so lieblich ruhen sah, mit den vollen roten Backen, so murmelte sie vor sich hin: »Das wird ein guter Bissen werden.«

Da packte sie Hänsel mit ihrer dürren Hand und trug ihn in einen kleinen Stall und sperrte ihn ein. Hänsel mochte schreien, wie er wollte, es half ihm nichts.

Dann ging sie zur Gretel, rüttelte sie wach und rief: »Steh auf, Faulenzerin, trag Wasser und koch deinem Bruder etwas Gutes. Der sitzt draußen im Stall und soll fett werden. Wenn er fett ist, so will ich ihn essen!«

Gretel fing an, bitterlich zu weinen. Aber es war alles vergeblich, sie musste tun, was die böse Hexe verlangte.

Nun wurde dem armen Hänsel das beste Essen gekocht, aber Gretel bekam nichts als Abfälle.

Jeden Morgen schlich die Alte zu dem Ställchen und rief: »Hänsel, streck deinen Finger heraus, damit ich fühle, ob du bald fett bist.«

Hänsel streckte ihr aber ein Knöchlein heraus, und die Alte, die trübe Augen hatte, konnte es nicht sehen und meinte, es wäre Hänsels Finger, und wunderte sich, dass er gar nicht fett werden wollte.

Als vier Wochen herum waren und Hänsel immer mager

blieb, da wurde sie ungeduldig, und sie wollte nicht länger warten.
»Heda, Gretel«, rief sie dem Mädchen zu, »sei flink und trag Wasser! Hänsel mag fett oder mager sein, morgen will ich ihn schlachten und kochen!«
Ach, wie jammerte das arme Schwesterchen, als es das Wasser tragen musste, und wie flossen ihm die Tränen die Backen herunter!
»Lieber Gott, hilf uns doch!«, rief sie aus. »Hätten uns nur die wilden Tiere im Wald gefressen, so wären wir doch zusammen gestorben.«
»Spar nur dein Geplärre«, sagte die Alte, »es hilft dir alles nichts.« Frühmorgens musste Gretel hinaus, den Kessel mit Wasser aufhängen und Feuer anzünden.
»Erst wollen wir backen«, sagte die Alte, »ich habe den Backofen schon eingeheizt und den Teig geknetet!«
Sie stieß die arme Gretel hinaus zu dem Backofen, aus dem die Flammen schon herausschlugen.
»Kriech hinein«, sagte die Hexe, »und sieh nach, ob gut eingeheizt ist, damit wir das Brot hineinschieben können.«
Und wenn Gretel drin war, wollte sie den Ofen zumachen, und Gretel sollte darin braten, und dann wollte die Hexe sie auch aufessen.
Aber Gretel merkte, was sie im Sinn hatte, und sprach: »Ich weiß nicht, wie ich's machen soll. Wie komm ich da hinein?«
»Dumme Gans«, sagte die Alte, »die Öffnung ist groß genug, das siehst du wohl, ich könnte selbst hinein.«
Sie krabbelte heran und steckte den Kopf in den Backofen. Da gab Gretel ihr einen Stoß, dass sie weit hineinfuhr, machte die eiserne Tür zu und schob den Riegel vor. Hu! Da fing sie an zu heulen, ganz grauselig. Aber Gretel lief fort und die gottlose Hexe musste elendiglich verbrennen.

Gretel aber lief schnurstracks zu Hänsel, öffnete seinen Stall und rief: »Hänsel, wir sind erlöst, die alte Hexe ist tot!«
Da sprang Hänsel heraus wie ein Vogel aus dem Käfig, wenn ihm die Tür aufgemacht wird. Wie haben sie sich gefreut, sind sich um den Hals gefallen, sind herumgesprungen und haben sich geküsst! Und weil sie sich nicht mehr zu fürchten brauchten, gingen sie in das Haus der Hexe hinein. Da standen in allen Ecken Kästen mit Perlen und Edelsteinen.
»Die sind noch besser als Kieselsteine«, sagte Hänsel und steckte in seine Taschen, was nur hineinpasste, und Gretel sagte: »Ich will auch etwas mit nach Hause bringen«, und füllte sich die Schürze voll.
»Aber jetzt wollen wir fort«, sagte Hänsel, »damit wir aus dem Hexenwald herauskommen.«
Als sie ein paar Stunden gegangen waren, gelangten sie an ein großes Wasser.
»Wir können nicht hinüber«, sprach Hänsel, »ich seh keinen Steg und keine Brücke.«
»Hier fährt auch kein Schiff«, antwortete Gretel, »aber da schwimmt eine weiße Ente, wenn ich die bitte, so hilft sie uns hinüber.« Da riefen sie:

»Entchen, Entchen,
da steht Gretel und Hänsel.
Kein Steg und keine Brücke,
nimm uns auf deinen weißen Rücken.«

Das Entchen kam auch heran, und Hänsel setzte sich auf und bat sein Schwesterchen, sich zu ihm zu setzen.
»Nein«, antwortete Gretel, »es wird dem Entchen zu schwer, es soll uns nacheinander hinüberbringen.«
Das tat das gute Tier, und als sie glücklich drüben waren und ein Weilchen fortgingen, da kam ihnen der Wald immer

bekannter vor, und endlich erblickten sie von Weitem ihres Vaters Haus. Da fingen sie an zu laufen, stürzten in die Stube hinein und fielen ihrem Vater um den Hals.
Der Mann hatte keine frohe Stunde gehabt, seitdem er die Kinder im Wald gelassen hatte, die Frau aber war gestorben. Gretel schüttete ihre Schürze aus, dass die Perlen und Edelsteine in der Stube herumsprangen, und Hänsel warf eine Handvoll nach der anderen aus seiner Tasche dazu. Da hatten alle Sorgen ein Ende und sie lebten in lauter Freude zusammen.
Mein Märchen ist aus, dort läuft eine Maus, wer sie fängt, darf sich eine große, große Pelzkappe daraus machen.

Frau Holle

Eine Witwe hatte zwei Töchter, davon war die eine schön und fleißig, die andere hässlich und faul. Sie hatte aber die hässliche und faule viel lieber, weil sie ihre echte Tochter war, und die andere musste alle Arbeit tun und das Aschenputtel im Hause sein. Das arme Mädchen musste täglich bei einem Brunnen sitzen und dort so viel spinnen, dass ihm das Blut aus den Fingern sprang. Nun trug es sich zu, dass die Spule einmal ganz blutig geworden war. Da bückte sich das Mädchen und wollte die Spule im Brunnen abwaschen. Sie sprang ihm aber aus der Hand und fiel hinab. Das Mädchen weinte, lief zur Stiefmutter und erzählte ihr das Unglück. Die schalt es aber so heftig und war so böse, dass sie sprach: »Hast du die Spule hinunterfallen lassen, so hol sie auch wieder herauf!«

Da ging das Mädchen zu dem Brunnen zurück und wusste nicht, was es anfangen sollte. Und in seiner Herzensangst sprang es in den Brunnen hinein, um die Spule zu holen. Es verlor die Besinnung, und als es erwachte und wieder zu sich kam, war es auf einer schönen Wiese, wo die Sonne schien und viele Tausend Blumen standen.

Auf dieser Wiese ging es weiter und kam zu einem Backofen, der voller Brot war. Das Brot aber rief: »Ach, zieh mich raus, zieh mich raus, sonst verbrenn ich! Ich bin schon längst ausgebacken.« Da trat das Mädchen hinzu und holte mit dem Brotschieber alles Brot heraus.

Danach ging es weiter und kam zu einem Baum, der hing voller Äpfel und rief ihm zu: »Ach, schüttel mich, schüttel mich, wir Äpfel sind alle miteinander reif!« Da schüttelte das Mädchen den Baum, dass die Äpfel fielen, als regneten sie herab, und es schüttelte so lange, bis kein Apfel mehr

oben war. Als es alle auf einen Haufen zusammengelegt hatte, ging es wieder weiter.
Endlich kam es zu einem kleinen Haus, aus dem eine alte Frau guckte. Weil sie aber so große Zähne hatte, bekam das Mädchen Angst und wollte fortlaufen. Die alte Frau aber rief ihm nach: »Was fürchtest du dich, liebes Kind? Bleib bei mir! Wenn du alle Arbeit im Haus ordentlich tun willst, so soll's dir gut gehen. Du musst nur achtgeben, dass du mein Bett gut machst und es fleißig aufschüttelst, dass die Federn fliegen. Dann schneit es in der Welt, ich bin Frau Holle.«
Weil die Alte ihm so gut zusprach, fasste sich das Mädchen ein Herz und trat in ihren Dienst. Es besorgte auch alles zur

Zufriedenheit der Frau Holle und schüttelte ihr das Bett immer so gewaltig auf, dass die Federn wie Schneeflocken umherflogen. Dafür hatte es auch ein gutes Leben bei ihr, kein böses Wort und alle Tage Gesottenes und Gebratenes. Nun war das Mädchen eine Zeit lang bei der Frau Holle, da wurde es traurig und wusste anfangs selbst nicht, was ihm fehlte. Endlich merkte es, dass es Heimweh war. Obwohl es ihm hier doch vieltausendmal besser ging, so hatte es doch Verlangen nach zu Hause. Da sagte es zu Frau Holle: »Ich habe Heimweh gekriegt, und wenn es mir hier unten auch noch so gut geht, so kann ich doch nicht länger bleiben. Ich muss wieder hinauf zu den Meinigen.«
Die Frau Holle sagte: »Es gefällt mir, dass du wieder nach

Hause verlangst, und weil du mir so treu gedient hast, will ich dich selbst wieder hinaufbringen.« Sie nahm das Mädchen bei der Hand und führte es vor ein großes Tor. Das Tor ging auf, und als das Mädchen gerade darunter stand, fiel ein gewaltiger Goldregen herab, und alles Gold blieb an ihm hängen, sodass es über und über davon bedeckt war. »Das sollst du haben, weil du so fleißig gewesen bist«, sprach Frau Holle und gab ihm auch die Spule wieder, die in den Brunnen gefallen war.

Darauf wurde das Tor verschlossen, und das Mädchen befand sich wieder oben auf der Welt, nicht weit von dem Haus seiner Mutter. Und als es in den Hof kam, saß der Hahn auf dem Brunnen und rief:

»Kikeriki,
unsere goldene Jungfrau ist wieder hie!«

Das Mädchen ging hinein zu seiner Mutter, und weil es so mit Gold bedeckt ankam, wurde es von ihr und der Schwester gut aufgenommen.

Das Mädchen erzählte alles, was ihm begegnet war, und als die Mutter hörte, wie es zu dem großen Reichtum gekommen war, wollte sie der anderen, hässlichen und faulen Tochter gerne dasselbe Glück verschaffen. Sie musste sich an den Brunnen setzen und spinnen, und damit ihre Spule blutig wurde, stach sie sich in die Finger und stieß die Hand in die Dornenhecke. Dann warf sie die Spule in den Brunnen und sprang selber hinein.

Sie kam, wie die andere, auf die schöne Wiese und ging auf demselben Pfad weiter. Als sie zu dem Backofen gelangte, schrie das Brot wieder: »Ach, zieh mich raus, zieh mich raus, sonst verbrenn ich, ich bin schon längst ausgebacken!«

Die Faule aber antwortete: »Ich habe keine Lust, mich

schmutzig zu machen«, und ging fort. Bald kam sie zu dem Apfelbaum, der rief: »Ach, schüttel mich, schüttel mich, wir Äpfel sind alle miteinander reif!«
Sie antwortete aber: »Du kommst mir recht, es könnte mir einer auf den Kopf fallen!« Und dann ging sie weiter.
Als sie vor Frau Holles Haus kam, fürchtete sie sich nicht, weil sie von ihren großen Zähnen schon gehört hatte. Sie trat auch gleich ihren Dienst an. Am ersten Tag nahm sie sich sehr zusammen, war fleißig und folgte der Frau Holle, wenn sie ihr etwas sagte, denn sie dachte an das viele Gold, das sie ihr schenken würde. Am zweiten Tag aber fing sie schon an zu faulenzen. Am dritten noch mehr, da wollte sie morgens gar nicht aufstehen. Sie machte auch der Frau Holle das Bett nicht, wie sich's gehörte, und schüttelte es nicht, dass die Federn aufflogen. Darüber ärgerte sich Frau Holle und sie schickte das Mädchen wieder fort.
Die Faule war das wohl zufrieden und meinte, nun würde der Goldregen kommen. Die Frau Holle führte sie auch zu dem Tor. Als sie aber darunter stand, wurde statt des Goldes ein großer Kessel voll Pech ausgeschüttet. »Das ist die Belohnung für deine Dienste«, sagte Frau Holle und schloss das Tor zu.
Da kam die Faule heim, aber sie war ganz mit Pech bedeckt, und der Hahn auf dem Brunnen rief, als er sie sah:

»Kikeriki,
unsere schmutzige Jungfrau ist wieder hie!«

Das Pech aber blieb fest an ihr hängen und wollte, solange sie lebte, nicht abgehen.

Die goldene Gans

Es war einmal ein Mann, der hatte drei Söhne. Der jüngste hieß der Dummling und wurde verachtet und verspottet und bei jeder Gelegenheit zurückgesetzt. Es geschah, dass der älteste einmal in den Wald gehen sollte, um Holz zu hauen, und ehe er ging, gab ihm seine Mutter einen schönen feinen Eierkuchen und eine Flasche Wein.

Als er in den Wald kam, begegnete ihm ein altes graues Männlein. Das wünschte ihm einen guten Tag und sprach: »Gib mir doch ein Stückchen Kuchen aus deiner Tasche und lass mich einen Schluck von deinem Wein trinken, ich bin so hungrig und durstig!«

Der kluge Sohn aber antwortete: »Wenn ich dir meinen Kuchen und meinen Wein gebe, so habe ich ja selber nichts mehr. Pack dich deiner Wege!« Damit ließ er das Männlein stehen und ging fort.

Als er nun anfing, einen Baum umzuhauen, dauerte es nicht lange, so schlug er daneben, und die Axt traf ihn in den Arm, sodass er heimgehen und sich verbinden lassen musste. Das war aber von dem grauen Männlein gekommen. Darauf ging der zweite Sohn in den Wald, und die Mutter gab ihm, wie dem ältesten, einen Eierkuchen und eine Flasche Wein mit. Auch ihm begegnete das graue Männlein und bat ihn um ein Stückchen Kuchen und einen Schluck Wein. Aber der zweite Sohn antwortete genauso wie sein älterer Bruder: »Was ich dir gebe, das habe ich selber nicht. Pack dich deiner Wege!«

Damit ließ er das Männlein stehen und ging fort. Die Strafe blieb nicht aus: Als er ein paar Hiebe gegen einen Baum geführt hatte, schlug er sich ins Bein und musste nach Hause getragen werden.

Da sagte der Dummling: »Vater, lass mich einmal Holz hauen!«
Der Vater antwortete: »Deine Brüder haben sich dabei verletzt – versuch es nicht, du verstehst doch nichts davon!«
Der Dummling aber bat so lange, bis der Vater endlich sagte: »Geh nur hinaus! Durch Schaden wirst du klug werden!« Die Mutter gab ihm einen Kuchen, der war mit Wasser in der Asche gebacken, und dazu eine Flasche saures Bier. Als er in den Wald kam, begegnete ihm gleichfalls das alte graue Männlein, grüßte ihn und sprach: »Gib mir ein Stück von deinem Kuchen und einen Schluck aus deiner Flasche, ich bin so hungrig und so durstig!«
Darauf antwortete der Dummling: »Ich habe aber nur Aschenkuchen und saures Bier. Wenn dir das recht ist, so wollen wir uns hinsetzen und essen.«
Da setzten sie sich, und als der Dummling seinen Aschenkuchen herausholte, war's ein feiner Eierkuchen, und das saure Bier war ein guter Wein. Nun aßen und tranken sie, und danach sprach das Männlein: »Weil du ein gutes Herz hast und gerne teilst, so will ich dir Glück bringen. Dort steht ein alter Baum. Den hau um, dann wirst du in den Wurzeln etwas finden!« Darauf nahm das Männlein Abschied. Der Dummling ging hin und hieb den Baum um. Da saß in seinen Wurzeln eine Gans, die hatte Federn von reinem Gold. Er hob sie auf, nahm sie mit sich und ging in ein Wirtshaus, da wollte er übernachten. Der Wirt hatte drei Töchter. Als sie die Gans sahen, waren sie neugierig, was das für ein wunderlicher Vogel wäre, und hätten gerne eine von seinen goldenen Federn gehabt. Die älteste dachte: Es wird sich schon eine Gelegenheit finden, dass ich mir eine Feder herausziehen kann. Und als der Dummling einmal hinausgegangen war, fasste sie die Gans beim Flügel, aber ihre Hand blieb daran festhängen.

Bald danach kam die zweite Schwester und wollte sich auch eine goldene Feder holen. Kaum aber hatte sie ihre Schwester berührt, blieb sie festhängen.
Endlich kam auch die dritte mit der gleichen Absicht. Da schrien die anderen beiden: »Bleib weg! Um Himmels willen, bleib weg!« Aber das Mädchen begriff nicht, warum es wegbleiben sollte, und dachte: Wenn die dabei sind, kann ich auch dabei sein! – Sie sprang hinzu, aber kaum hatte sie ihre Schwester berührt, blieb auch sie an ihr hängen. So mussten alle drei die Nacht bei der Gans zubringen.
Am andern Morgen nahm der Dummling die Gans auf den Arm, ging fort und kümmerte sich nicht um die drei Mädchen, die daran hingen. Sie mussten immer hinter ihm herlaufen, einmal links, einmal rechts, wie es ihm gerade einfiel. Unterwegs begegnete ihnen der Pfarrer, und als er den Aufzug sah, sprach er: »Schämt euch, ihr garstigen Mädchen! Warum lauft ihr dem jungen Burschen immer nach? Schickt sich das?« Damit fasste er die jüngste an die Hand. Kaum aber hatte er sie angerührt, blieb er auch hängen und musste selber hinterdreinlaufen.
Nicht lange, so kam der Küster daher und sah den Herrn Pfarrer, der den drei Mädchen nachlief. Da wunderte er sich sehr und rief: »Ei, Herr Pfarrer, wohin so geschwind? Vergesst nicht, dass wir heute noch eine Kindtaufe haben!« Er lief auf ihn zu und fasste ihn am Ärmel, blieb aber auch hängen.
Als die fünf so hintereinander trabten, kamen zwei Bauern mit ihren Hacken vom Feld. Da rief sie der Herr Pfarrer an und bat, sie möchten ihn und den Küster losmachen. Kaum aber hatten die Bauern den Küster angerührt, blieben sie an ihm hängen. Und waren ihrer nun sieben, die dem Dummling nachliefen.
Er kam darauf in eine Stadt, da herrschte ein König, der

hatte eine Tochter, die war so ernsthaft, dass sie niemand zum Lachen bringen konnte. Darum hatte der König ein Gesetz verkünden lassen, dass derjenige, der die Königstochter zum Lachen bringen könne, sie heiraten dürfe. Als der Dummling das hörte, ging er mit seiner Gans und ihrem Anhang zur Königstochter. Und als diese die sieben Menschen immer hintereinander herlaufen sah, fing sie hellauf zu lachen an und wollte gar nicht wieder aufhören. Da verlangte der Dummling die Königstochter zur Frau. Aber dem König gefiel der Schwiegersohn nicht. Er hatte allerlei Einwände und sagte, er müsse ihm erst einen Mann bringen, der einen Keller voll Wein austrinken könne.

Der Dummling dachte an das graue Männlein, das könnte ihm helfen. Er ging hinaus in den Wald, und auf der Stelle, wo er den Baum abgehauen hatte, sah er einen Mann sitzen, der ein ganz betrübtes Gesicht machte. Der Dummling fragte, was er sich so sehr zu Herzen nähme. Da antwortete der Fremde: »Ich habe so großen Durst und kann ihn nicht löschen. Das kalte Wasser vertrage ich nicht, ein Fass Wein habe ich zwar schon geleert, aber was ist ein Tropfen auf einen heißen Stein?«

»Da kann ich dir helfen«, sagte der Dummling. »Komm nur mit mir, du sollst deinen Durst löschen!«

Er führte ihn in des Königs Keller, und der Mann machte sich über die großen Fässer her, trank und trank, dass ihm der Bauch wehtat, und ehe ein Tag um war, hatte er den ganzen Keller ausgetrunken.

Der Dummling verlangte abermals seine Braut, der König aber ärgerte sich, dass ein Bursche, den jedermann den Dummling nannte, seine Tochter heiraten sollte, und stellte neue Bedingungen. Zuerst, sagte er, müsse der Dummling noch einen Mann herbeischaffen, der einen Berg Brot aufessen könne. Der Dummling überlegte nicht lange, sondern ging gleich hinaus in den Wald. Da saß auf demselben Platz ein Mann, der schnürte sich den Leib mit einem Riemen zusammen. Er machte ein grämliches Gesicht und sagte: »Ich habe einen ganzen Backofen voll Brot gegessen, aber was hilft das, wenn man so großen Hunger hat wie ich? Mein Magen bleibt leer, und ich muss mich zuschnüren, wenn ich nicht hungers sterben soll.«

Der Dummling war froh darüber und sprach: »Mach dich auf, und geh mit mir, du sollst dich satt essen!« Er führte ihn an den Hof des Königs. Der hatte alles Mehl aus dem ganzen Reich zusammengefahren und einen ungeheuren Berg Brot davon backen lassen. Der Mann aus dem Wald stellte sich davor hin, fing an zu essen, und in einem Tag war der ganze Berg verschwunden.

Der Dummling forderte nun zum dritten Mal seine Braut. Aber der König suchte noch einmal eine Ausrede. Er verlangte ein Schiff, das zu Wasser und zu Lande fahren könne. »Sowie du aber damit angesegelt kommst«, sagte er, »sollst du gleich meine Tochter zur Gemahlin haben.«

Der Dummling ging geradewegs in den Wald. Da saß das alte graue Männlein, dem er seinen Kuchen gegeben hatte, und sagte: »Ich habe für dich getrunken und gegessen, ich will dir auch noch das Schiff geben. Das alles tue ich, weil du barmherzig gegen mich gewesen bist.«

Und es gab ihm das Schiff, das zu Lande und zu Wasser fuhr. Und als der König das sah, konnte er ihm seine Tochter nicht länger vorenthalten. Die Hochzeit wurde gefeiert. Nach des Königs Tod erbte der Dummling das Reich und lebte lange Zeit vergnügt mit seiner Gemahlin.

Rumpelstilzchen

Es war einmal ein Müller, der war arm, aber er hatte eine schöne Tochter. Eines Tages traf er den König. Um sich wichtig zu machen, sagte der Müller: »Ich habe eine Tochter, die kann Stroh zu Gold spinnen.«
Der König sprach zum Müller: »Das ist eine Kunst, die mir wohl gefällt. Wenn deine Tochter so geschickt ist, wie du sagst, so bring sie morgen in mein Schloss, da will ich sie auf die Probe stellen.«
Als nun das Mädchen zum König gebracht wurde, führte er es in eine Kammer, die ganz voll Stroh war. Er gab ihr Spinnrad und Haspel und sprach: »Jetzt mach dich an die Arbeit, und wenn du bis morgen früh dieses Stroh nicht zu Gold versponnen hast, so musst du sterben!« Darauf schloss er die Kammer selbst zu und sie blieb allein darin.
Da saß nun die arme Müllerstochter und wusste keinen Rat. Sie verstand gar nichts davon, wie man Stroh zu Gold spinnen konnte. Ihre Angst wurde immer größer, bis sie schließlich anfing zu weinen.
Da ging mit einem Mal die Tür auf, und ein Männchen trat ein und sprach: »Guten Abend, Jungfer Müllerin, warum weinst du so sehr?«
»Ach«, antwortete das Mädchen, »ich soll Stroh zu Gold spinnen und verstehe das nicht.«
Da sprach das Männchen: »Was gibst du mir, wenn ich dir's spinne?«
»Mein Halsband«, sagte das Mädchen.
Das Männchen nahm das Halsband, setzte sich vor das Rad, und schnurr, schnurr, schnurr, dreimal gezogen, war die Spule voll. Dann steckte es eine andere auf, und schnurr, schnurr, schnurr, war auch die zweite voll. So ging es fort

bis zum Morgen, da war alles Stroh versponnen, und alle Spulen waren voll Gold.
Bei Sonnenaufgang kam schon der König. Als er das Gold erblickte, staunte er und freute sich, aber sein Herz wurde nur noch goldgieriger. Er ließ die Müllerstochter in eine andere Kammer voll Stroh bringen, die noch viel größer war, und befahl ihr, auch das in einer Nacht zu spinnen, wenn ihr das Leben lieb wäre. Das Mädchen wusste sich nicht zu helfen und weinte. Da ging die Tür auf, das kleine Männchen erschien und sprach: »Was gibst du mir, wenn ich dir das Stroh zu Gold spinne?«
»Meinen Ring vom Finger«, antwortete das Mädchen.
Das Männchen nahm den Ring, fing wieder an mit dem Rad zu schnurren und hatte bis zum Morgen alles Stroh zu Gold gesponnen. Der König freute sich über alle Maßen bei diesem Anblick, hatte aber noch immer nicht genug Gold und ließ die Müllerstochter in eine noch größere Kammer voll Stroh bringen und sprach: »Dieses Stroh musst du noch in dieser Nacht verspinnen. Gelingt es dir, so sollst du meine Gemahlin werden.« Wenn sie auch nur eine Müllerstochter ist, dachte er, eine reichere Frau finde ich in der ganzen Welt nicht.
Als das Mädchen allein war, kam das Männchen zum dritten Mal wieder und sprach: »Was gibst du mir, wenn ich dir noch diesmal das Stroh spinne?«
»Ich habe nichts mehr, was ich dir geben könnte«, antwortete das Mädchen.
»So versprich mir, wenn du Königin wirst, dein erstes Kind.«
Wer weiß, wie das noch geht, dachte die Müllerstochter und wusste sich in ihrer Not auch nicht anders zu helfen. Sie versprach also dem Männchen, was es verlangte, und das Männchen spann noch einmal das Stroh zu Gold. Als

am Morgen der König kam und alles so fand, wie er es gewünscht hatte, hielt er Hochzeit mit ihr, und die schöne Müllerstochter wurde Königin.
Nach einem Jahr bekam sie ein Kind und dachte gar nicht mehr an das Männchen. Da trat es plötzlich in ihre Kammer und sprach: »Nun gib mir, was du versprochen hast!« Die Königin erschrak und bot dem Männchen alle Reichtümer des Königreiches an, wenn es ihr das Kind lassen wollte. Aber das Männchen sprach: »Nein, etwas Lebendes ist mir lieber als alle Schätze der Welt.«
Da fing die Königin so zu jammern und zu weinen an, dass das Männchen Mitleid mit ihr hatte. »Drei Tage will ich dir Zeit lassen«, sprach es, »wenn du bis dahin meinen Namen weißt, so sollst du dein Kind behalten.«
Nun dachte die Königin die ganze Nacht an alle Namen, die sie jemals gehört hatte. Sie schickte einen Boten über Land, der sollte sich weit und breit erkundigen, was es sonst noch für Namen gäbe.
Als am nächsten Tag das Männchen kam, fing sie an mit Kaspar, Melchior, Balthasar und sagte alle Namen, die sie wusste. Aber bei jedem sprach das Männchen: »So heiß ich nicht!« Am zweiten Tag ließ die Königin in der Nachbarschaft herumfragen, wie die Leute da genannt wurden, und sie sagte dem Männchen die ungewöhnlichsten und seltsamsten Namen vor: »Heißt du vielleicht Rippenbiest oder Hammelswade oder Schnürbein?«
Aber das Männchen antwortete immer: »So heiß ich nicht!«
Am dritten Tag kam der Bote wieder zurück und erzählte: »Ich habe keinen einzigen neuen Namen finden können, aber als ich an einem hohen Berg um die Waldecke kam, wo sich Fuchs und Hase Gute Nacht sagen, da sah ich ein kleines Haus. Vor dem Haus brannte ein Feuer, und um das

Feuer sprang ein lächerliches Männchen, hüpfte auf einem Bein und schrie:

›Heute back ich, morgen brau ich,
übermorgen hol ich der Königin ihr Kind;
ach, wie gut, dass niemand weiß,
dass ich Rumpelstilzchen heiß!‹«

Da könnt ihr euch denken, wie froh die Königin war, als sie diesen Namen hörte, und als bald danach das Männchen eintrat und fragte: »Nun, Frau Königin, wie heiß ich?«, fragte sie erst:
»Heißt du Kunz?«
»Nein.«
»Heißt du Heinz?«
»Nein.«
»Heißt du etwa Rumpelstilzchen?«
»Das hat dir der Teufel gesagt, das hat dir der Teufel gesagt!«, schrie das Männchen und stieß mit dem rechten Fuß vor Zorn so fest auf die Erde, dass es bis an den Leib hineinfuhr. Dann packte es in seiner Wut den linken Fuß mit beiden Händen und riss sich selbst mitten entzwei.

Fundevogel

Es war einmal ein Förster, der ging in den Wald auf die Jagd, und wie er in den Wald kam, hörte er's schreien, als ob's ein kleines Kind wäre. Er ging dem Schreien nach und kam endlich zu einem hohen Baum, und oben darauf saß ein kleines Kind. Die Mutter war mit dem Kind unter dem Baum eingeschlafen und ein Raubvogel hatte das Kind in ihrem Schoß gesehen. Da war er hingeflogen, hatte es mit seinem Schnabel weggenommen und auf den hohen Baum gesetzt.

Der Förster stieg hinauf, holte das Kind herunter und dachte: Du willst das Kind mit nach Haus nehmen und mit deinem Lenchen zusammen aufziehn. Er brachte es also heim und die zwei Kinder wuchsen miteinander auf. Das Kind, das auf dem Baum gefunden worden war, wurde *Fundevogel* geheißen, weil es ein Vogel weggetragen hatte. Fundevogel und Lenchen hatten sich so lieb, dass, wenn eins das andere nicht sah, es traurig wurde.

Der Förster hatte aber eine alte Köchin, die nahm eines Abends zwei Eimer und fing an, Wasser zu schleppen. Sie ging nicht einmal, sondern viele Male hinaus an den Brunnen. Lenchen sah es und sprach: »Hör einmal, alte Sanne, was trägst du denn so viel Wasser?«

»Wenn du's keinem Menschen wiedersagen willst, so will ich dir's wohl sagen.« Da sagte Lenchen, nein, sie wollte es keinem Menschen wiedersagen, und die Köchin sprach: »Morgen früh, wenn der Förster auf der Jagd ist, da koche ich das Wasser, und wenn's im Kessel siedet, werfe ich den Fundevogel hinein und will ihn darin kochen.«

Am andern Morgen in aller Frühe stand der Förster auf und ging auf die Jagd. Als er weg war, lagen die Kinder noch im Bett. Da sprach Lenchen zum Fundevogel: »Verlässt du mich nicht, so verlass ich dich auch nicht«, und der Fundevogel sagte: »Nun und nimmermehr.«

Da sprach Lenchen: »Ich will es dir nur sagen, die alte Sanne schleppte gestern Abend so viele Eimer Wasser ins Haus, da fragte ich sie, warum sie das täte, so sagte sie, wenn ich es keinem Menschen sagen wollte, so wollte sie es mir wohl sagen. Ich versprach es. Da sagte sie, morgen früh, wenn der Vater auf der Jagd wäre, wollte sie den Kessel voll Wasser sieden, dich hineinwerfen und kochen. Wir wollen aber geschwind aufstehen, uns anziehen und zusammen fortgehen.«

Also standen die beiden Kinder auf, zogen sich geschwind an und gingen fort. Als nun das Wasser im Kessel kochte, ging die Köchin in die Schlafkammer, wollte den Fundevogel holen und ihn hineinwerfen. Aber als sie zu den Betten trat, waren die Kinder alle beide fort. Da wurde ihr angst und sie sprach: »Was will ich sagen, wenn der Förster heimkommt und sieht, dass die Kinder weg sind? Geschwind hinterdrein, dass wir sie wiederkriegen.«

Die Köchin schickte drei Knechte, die sollten laufen und die Kinder einfangen. Die Kinder aber saßen vor dem Wald, und als sie die drei Knechte von Weitem laufen sahen, sprach Lenchen zum Fundevogel: »Verlässt du mich nicht, so verlass ich dich auch nicht.« Und der Fundevogel sagte: »Nun und nimmermehr.« Da sagte Lenchen: »Werde du zum Rosenstöckchen und ich zum Röschen darauf.« Als nun die drei Knechte vor den Wald kamen, so war nichts da als ein Rosenstrauch und ein Röschen obendrauf, die Kinder aber nirgends. Da sprachen sie: »Hier ist nichts zu machen.«

Sie gingen heim und sagten der Köchin, sie hätten nichts gesehen als nur ein Rosenstöckchen und ein Röschen oben darauf. Da schalt die alte Köchin: »Ihr Einfaltspinsel, ihr

hättet das Rosenstöckchen entzweischneiden sollen und das Röschen abbrechen und mit nach Haus bringen, geht geschwind und tut's.«

Sie mussten also zum zweiten Mal hinaus und suchen. Die Kinder sahen sie aber von Weitem kommen, da sprach Lenchen: »Fundevogel, verlässt du mich nicht, so verlass ich dich auch nicht.« Und der Fundevogel sagte: »Nun und nimmermehr.« Da sprach Lenchen: »So werde du eine Kirche und ich die Krone darin.«

Als nun die drei Knechte herankamen, war nichts da als eine Kirche und eine Krone darin. Sie sprachen also zueinander: »Was sollen wir hier machen, lasst uns nach Hause gehen.« Als sie nach Haus kamen, fragte die Köchin, ob sie nichts gefunden hätten. Nein, sagten sie, sie hätten nichts gefunden als eine Kirche, da wäre eine Krone darin gewesen. »Ihr Narren«, schalt die Köchin, »warum habt ihr nicht die Kirche zerbrochen und die Krone mit heimgebracht?«

Nun machte sich die alte Köchin selbst auf die Beine und ging mit den drei Knechten den Kindern nach. Die Kinder sahen aber die drei Knechte von Weitem kommen und die Köchin wackelte hinterher. Da sprach Lenchen: »Fundevogel, verlässt du mich nicht, so verlass ich dich auch nicht.« Und der Fundevogel sagte: »Nun und nimmermehr.« Da sprach Lenchen: »Werde du zum Teich und ich die Ente drauf.« Die Köchin aber kam herzu, und als sie den Teich sah, legte sie sich hin und wollte ihn aussaufen. Aber die Ente kam schnell geschwommen, fasste sie mit ihrem Schnabel beim Kopf und zog sie ins Wasser hinein. Da musste die alte Hexe ertrinken. Die Kinder gingen zusammen nach Haus und waren herzlich froh; und wenn sie nicht gestorben sind, leben sie noch.

Der Froschkönig oder Der eiserne Heinrich

In alten Zeiten, wo das Wünschen noch geholfen hat, lebte einmal ein König, dessen Töchter waren alle schön, aber die jüngste war so schön, dass selbst die Sonne, die doch so vieles schon gesehen hat, sich wunderte, sooft sie ihr ins Gesicht schien. Nahe bei dem Schloss des Königs war ein großer, dunkler Wald und in dem Wald unter einer alten Linde war ein Brunnen. Wenn nun der Tag sehr heiß war, ging die jüngste Prinzessin hinaus in den Wald und setzte sich an den Rand des kühlen Brunnens. Und wenn sie Langeweile hatte, nahm sie eine goldene Kugel, warf sie in die Höhe und fing sie wieder auf. Das war ihr liebstes Spielzeug.
Nun trug es sich einmal zu, dass die goldene Kugel der Königstochter nicht in ihre Hände fiel, sondern vorbei auf die Erde und gerade in den Brunnen hineinrollte. Die Königstochter sah ihr nach, aber die Kugel verschwand, und der Brunnen war tief, so tief, dass man keinen Grund sah.
Da fing die Prinzessin an zu weinen und weinte immer lauter und konnte sich gar nicht trösten. Als sie so klagte, rief plötzlich jemand: »Was hast du nur, Königstochter? Du schreist ja, dass sich ein Stein erbarmen möchte.«
Sie sah sich um und erblickte einen Frosch, der seinen dicken, hässlichen Kopf aus dem Wasser streckte. »Ach, du bist's, alter Wasserpatscher«, sagte sie. »Ich weine über meine goldene Kugel, die mir in den Brunnen hinabgefallen ist.«
»Sei still und weine nicht«, antwortete der Frosch, »ich kann dir wohl helfen. Aber was gibst du mir, wenn ich dein Spielzeug wieder heraufhole?«
»Was du haben willst, lieber Frosch«, sagte sie, »meine

Kleider, meine Perlen und Edelsteine, auch noch die goldene Krone, die ich trage.« Der Frosch antwortete: »Deine Kleider, deine Perlen und Edelsteine und deine goldene Krone, die mag ich nicht. Aber wenn du mich lieb haben willst und ich dein Geselle und Spielkamerad sein darf, wenn ich an deinem Tischlein neben dir sitzen, von deinem goldenen Tellerlein essen, aus deinem Becherlein trinken, in deinem Bettlein schlafen darf, dann will ich hinuntersteigen und dir die goldene Kugel heraufholen.«

»Ach ja«, sagte sie, »ich verspreche dir alles, was du willst, wenn du mir nur die Kugel wiederbringst.« Sie dachte aber, was der einfältige Frosch schwätzt, der sitzt doch im Wasser bei seinesgleichen und quakt und kann keines Menschen Freund sein!

Als der Frosch das Versprechen der Königstochter erhalten hatte, tauchte er seinen Kopf unter, sank hinab, und nach einem Weilchen kam er wieder heraufgerudert, hatte die Kugel im Maul und warf sie ins Gras. Die Königstochter war voll Freude, als sie ihr schönes Spielzeug wieder erblickte, hob es auf und sprang damit fort.

»Warte, warte!«, rief der Frosch. »Nimm mich mit, ich kann nicht so laufen wie du!« Aber was half es ihm, dass er ihr sein Quak-quak so laut nachschrie, wie er nur konnte! Sie hörte nicht darauf, lief nach Hause und hatte den Frosch bald vergessen.

Am nächsten Tag, als sie sich mit dem König und allen Hofleuten zur Tafel gesetzt hatte und eben von ihrem goldenen Tellerchen aß, da kam, plitsch, platsch, plitsch, platsch, etwas die Marmortreppe heraufgekrochen. Und als es oben angelangt war, klopfte es an der Tür und rief: »Königstochter, jüngste, mach mir auf!«

Sie lief und wollte sehen, wer draußen wäre. Als sie aber aufmachte, saß der Frosch davor. Da warf sie die Tür hastig

zu, setzte sich wieder an den Tisch, und es war ihr ganz angst.
Der König sah wohl, dass ihr das Herz gewaltig klopfte, und sprach: »Mein Kind, was fürchtest du dich? Steht etwa ein Riese vor der Tür und will dich holen?«
»Ach nein«, antwortete sie, »es ist kein Riese, sondern ein garstiger Frosch.«
»Was will der Frosch von dir?«
»Ach, lieber Vater, als ich gestern im Wald bei dem Brunnen saß und spielte, fiel meine goldene Kugel ins Wasser. Und weil ich so weinte, hat sie mir der Frosch wieder heraufgeholt. Und weil er es durchaus verlangte, versprach ich ihm, er solle mein Spielgefährte werden. Ich dachte aber nimmermehr, dass er aus seinem Wasser herauskönnte. Nun ist er draußen und will zu mir herein.«
Da klopfte es zum zweiten Mal und eine Stimme rief:

»Königstochter, jüngste,
mach mir auf!
Weißt du nicht, was gestern
du zu mir gesagt
bei dem kühlen Brunnenwasser?
Königstochter, jüngste,
mach mir auf!«

Da sagte der König: »Was du versprochen hast, das musst du auch halten! Geh nur und mach ihm auf!«
Sie gehorchte und öffnete die Tür. Da hüpfte der Frosch herein und hüpfte ihr immer nach bis zu ihrem Stuhl. Dort saß er und rief: »Heb mich hinauf zu dir!« Sie zauderte, bis endlich der König es befahl. Als der Frosch auf dem Stuhl war, wollte er auf den Tisch, und als er da saß, sprach er: »Nun schieb mir dein goldenes Tellerlein näher, damit wir

zusammen essen können.« Das tat sie zwar, aber man sah wohl, dass sie es nicht gerne tat. Der Frosch ließ sich's gut schmecken, aber ihr blieb fast jeder Bissen im Halse stecken.

Endlich sprach der Frosch: »Ich habe mich satt gegessen und bin müde. Nun trag mich in dein Kämmerlein und mach dein seidenes Bettchen zurecht! Da wollen wir uns schlafen legen.« Die Königstochter fing an zu weinen und fürchtete sich vor dem kalten Frosch, den sie sich nicht anzurühren getraute und der nun in ihrem schönen, reinen Bettchen schlafen sollte.

Der König aber wurde zornig und sprach: »Wer dir geholfen hat, als du in Not warst, den sollst du nicht verachten!« Da packte sie den Frosch mit zwei Fingern, trug ihn hinauf und setzte ihn in eine Ecke. Als sie aber im Bett lag, kam er gekrochen und sprach: »Ich will schlafen so gut wie du. Heb mich hinauf oder ich sag's deinem Vater!«

Da wurde sie bitterböse, holte ihn herauf und warf ihn aus allen Kräften gegen die Wand. »Nun wirst du Ruhe geben, du garstiger Frosch!«

Als er aber herabfiel, war er kein Frosch mehr, sondern ein Königssohn mit schönen, freundlichen Augen. Er erzählte ihr, er wäre von einer bösen Hexe verwünscht worden, und niemand hätte ihn aus dem Brunnen erlösen können als sie allein, und morgen wollten sie zusammen in sein Reich gehen.

Dann schliefen sie ein, und am andern Morgen, als die Sonne sie weckte, kam ein Wagen herangefahren, mit acht weißen Pferden bespannt, die hatten weiße Straußenfedern

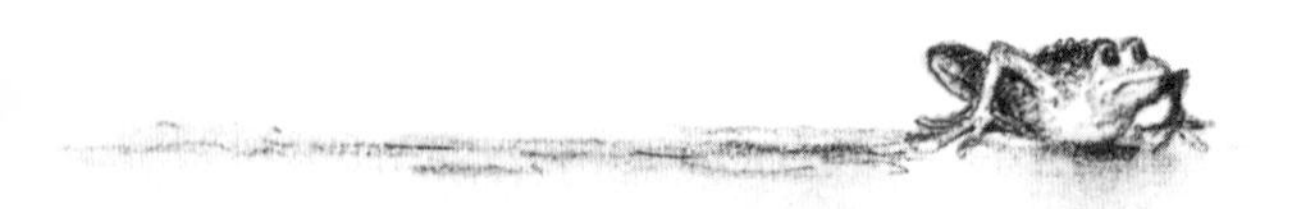

auf dem Kopf und gingen in goldenen Ketten, und hinten stand der Diener des jungen Königs, das war der treue Heinrich.
Der treue Heinrich war so betrübt gewesen, als sein Herr in einen Frosch verwandelt worden war, dass er drei eiserne Bänder um sein Herz hatte legen lassen, damit es ihm nicht vor Weh und Traurigkeit zerspränge.

Der Wagen sollte nun den jungen König in sein Reich holen. Der treue Heinrich hob beide hinein, stellte sich wieder hinten hinauf und war voll Freude über die Erlösung seines Herrn. Als sie ein Stück Wegs gefahren waren, hörte der Königssohn, dass es hinter ihm krachte, als ob etwas zerbrochen wäre. Da drehte er sich um und rief:

»Heinrich, der Wagen bricht!«
»Nein, Herr, der Wagen nicht,
es ist ein Band von meinem Herzen,
das da lag in großen Schmerzen,
als Ihr in dem Brunnen saßt,
als Ihr eine Fretsche wast.«

Noch einmal und noch einmal krachte es auf dem Weg, und der Königssohn meinte immer, der Wagen bräche, und es waren doch nur die Bänder, die vom Herzen des treuen Heinrich absprangen, weil sein Herr nun erlöst und glücklich war.

Der alte Sultan

Es hatte ein Bauer einen treuen Hund, der Sultan hieß. Der war alt geworden und hatte alle Zähne verloren, sodass er nichts mehr fest packen konnte. Zu einer Zeit stand der Bauer mit seiner Frau vor der Haustür und sprach: »Den alten Sultan schieß ich morgen tot, der ist zu nichts mehr nütze.«

Die Frau, die Mitleid mit dem treuen Tier hatte, antwortete: »Da er uns so lange Jahre gedient hat, so könnten wir ihm wohl das Gnadenbrot geben.« – »Ei was«, sagte der Mann, »du bist nicht recht gescheit. Er hat keinen Zahn mehr im Maul, und kein Dieb fürchtet sich vor ihm, er kann jetzt abgehen. Hat er uns gedient, so hat er sein gutes Essen dafür gekriegt.«

Der arme Hund, der nicht weit davon in der Sonne ausgestreckt lag, hatte alles mit angehört und war traurig, dass morgen sein letzter Tag sein sollte.

Er hatte einen guten Freund, das war der Wolf, zu dem schlich er abends hinaus in den Wald und klagte über sein Schicksal, das ihm bevorstände.

»Höre, Gevatter«, sagte der Wolf, »sei guten Mutes, ich will dir aus deiner Not helfen. Ich habe etwas ausgedacht. Morgen in aller Frühe geht dein Herr mit seiner Frau ins Heu und sie nehmen ihr kleines Kind mit, weil niemand im Haus zurückbleibt. Sie pflegen das Kind während der Arbeit hinter die Hecke in den Schatten zu legen. Leg dich daneben, als wolltest du es bewachen. Ich will dann aus dem Wald herauskommen und das Kind rauben. Du musst mir eifrig nachlaufen, als wolltest du es mir wieder abjagen. Ich lasse es fallen und du bringst es den Eltern zurück. Die glauben dann, du hättest es gerettet, und sind viel zu dankbar, als dass sie dir ein Leid antun sollten, im Gegenteil, sie werden es dir an nichts mehr fehlen lassen.«

Der Plan gefiel dem Hund, und wie er ausgedacht war, so wurde er auch ausgeführt. Der Vater schrie, als er den Wolf mit seinem Kind durchs Feld laufen sah, als es aber der alte Sultan zurückbrachte, da war er froh, streichelte ihn und sagte: »Dir soll kein Härchen gekrümmt werden, du sollst das Gnadenbrot essen, solange du lebst.« Zu seiner Frau aber sprach er: »Geh gleich heim und koche dem alten Sultan einen Brei, den braucht er nicht zu beißen, und bring das Kopfkissen aus meinem Bett, das schenk ich ihm zu seinem Lager.« Von nun an hatte es der alte Sultan so gut, wie er sich's nur wünschen konnte. Bald hernach besuchte ihn der Wolf und freute sich, dass alles so wohl gelungen war. »Aber Gevatter«, sagte er, »du wirst doch ein Auge

zudrücken, wenn ich bei Gelegenheit deinem Herrn ein fettes Schaf weghole. Es wird einem heutzutage schwer, sich durchzuschlagen.«
»Darauf rechne nicht«, antwortete der Hund, „meinem Herrn bleibe ich treu, das darf ich nicht zugeben.«
Der Wolf meinte, das wäre nicht im Ernst gesprochen, kam in der Nacht herangeschlichen und wollte sich das Schaf holen. Aber der Bauer, dem der treue Sultan das Vorhaben des Wolfes verraten hatte, lauerte ihm auf und kämmte ihm mit dem Dreschflegel die Haare. Der Wolf musste ausreißen, schrie aber dem Hund zu: »Wart, du schlechter Geselle, dafür sollst du büßen.«
Am andern Morgen schickte der Wolf das Schwein und ließ den Hund hinaus in den Wald fordern, da wollten sie abrechnen. Der alte Sultan konnte keinen anderen Beistand finden als eine Katze, die nur drei Beine hatte, und als sie zusammen hinausgingen, humpelte die arme Katze daher und streckte vor Schmerz den Schwanz in die Höhe. Der Wolf und sein Beistand waren schon an Ort und Stelle. Als

sie aber ihren Gegner kommen sahen, meinten sie, er führe einen Säbel mit sich, weil sie den aufgerichteten Schwanz der Katze dafür ansahen. Und wenn das arme Tier so auf drei Beinen hüpfte, dachten sie, es höbe jedes Mal einen Stein auf, um sie damit zu bewerfen. Da wurde ihnen beiden angst. Das wilde Schwein verkroch sich ins Laub und der Wolf sprang auf einen Baum.

Der Hund und die Katze wunderten sich, dass sich niemand sehen ließ. Das wilde Schwein aber hatte sich im Laub nicht ganz verstecken können, sondern die Ohren ragten noch heraus. Während die Katze sich bedächtig umschaute, zuckte das Schwein mit den Ohren. Die Katze, die meinte, es rege sich eine Maus, sprang darauf zu und biss herzhaft hinein.

Da erhob sich das Schwein mit großem Geschrei, lief fort und rief: »Dort auf dem Baum, da sitzt der Schuldige.« Der Hund und die Katze schauten hinauf und erblickten den Wolf, der schämte sich, dass er sich so furchtsam gezeigt hatte, und nahm von dem Hund den Frieden an.

Die Bienenkönigin

Zwei Königssöhne gingen einmal auf Abenteuer und gerieten in ein wildes, wüstes Leben, sodass sie gar nicht wieder nach Haus kamen. Der jüngste, der der Dummling hieß, machte sich auf und suchte seine Brüder. Aber als er sie endlich fand, verspotteten sie ihn, dass er mit seiner Einfalt sich durch die Welt schlagen wollte, und sie zwei könnten nicht durchkommen und wären doch viel klüger. Sie zogen alle drei miteinander fort und kamen an einen Ameisenhaufen. Die zwei Ältesten wollten ihn aufwühlen und sehen, wie die kleinen Ameisen voller Angst herumkröchen und ihre Eier forttrügen. Aber der Dummling sagte: »Lasst die Tiere in Frieden, ich leid's nicht, dass ihr sie stört.«

Da gingen sie weiter und kamen an einen See, auf dem schwammen viele Enten. Die zwei Brüder wollten ein paar fangen und braten, aber der Dummling ließ es nicht zu und sprach: »Lasst die Tiere in Frieden, ich leid's nicht, dass ihr sie tötet.«

Endlich kamen sie an ein Bienennest, darin war so viel Honig, dass er am Stamm herunterlief. Die zwei wollten Feuer unter den Baum legen und die Bienen ersticken, damit sie den Honig wegnehmen könnten. Der Dummling hielt sie aber wieder ab und sprach: »Lasst die Tiere in Frieden, ich leid's nicht, dass ihr sie verbrennt.«

Endlich kamen die drei Brüder in ein Schloss, wo in den Ställen lauter steinerne Pferde standen. Es war kein Mensch zu sehen, und sie gingen durch alle Säle, bis sie vor eine Tür ganz am Ende kamen, davor hingen drei Schlösser. Es war aber mitten in der Tür ein Spalt, da durch konnte man in die Stube sehen. Da sahen sie ein graues Männchen, das an einem Tisch saß. Sie riefen es an, einmal, zweimal, aber es hörte nicht. Endlich riefen sie zum dritten Mal, da stand es auf, öffnete die Schlösser und kam heraus. Es sprach aber kein Wort, sondern führte sie zu einem reich gedeckten Tisch; und als sie gegessen und getrunken hatten, brachte es jeden in sein eigenes Schlafgemach.

Am andern Morgen kam das graue Männchen zu dem Ältesten, winkte und leitete ihn zu einer steinernen Tafel, darauf standen drei Aufgaben geschrieben, wodurch das Schloss erlöst werden könnte. Die erste lautete: Im Wald liegen unter dem Moos die Perlen der Königstochter, tausend an der Zahl, die müssen aufgesammelt werden, und wenn vor Sonnenuntergang noch eine einzige fehlt, so wird der, der gesucht hat, zu Stein.

Der Älteste ging hin und sammelte den ganzen Tag, als aber der Tag zu Ende war, hatte er erst hundert gefunden. Es geschah, wie auf der Tafel stand, er wurde in Stein verwandelt.

Am folgenden Tag unternahm der zweite Bruder das Abenteuer; es ging ihm aber nicht viel besser als dem ältesten, er fand nicht mehr als zweihundert Perlen und wurde zu Stein.

Endlich kam auch der Dummling an die Reihe, der suchte im Moos. Es war aber so schwer, die Perlen zu finden, und ging so langsam, da setzte er sich auf einen Stein und weinte. Und als er so saß, kam der Ameisenkönig, dem er einmal das Leben erhalten hatte, mit fünftausend Ameisen, und es währte gar nicht lange, da hatten die kleinen Tiere die Perlen gefunden und auf einen Haufen getragen.

Die zweite Aufgabe war, den Schlüssel zu der Schlafkammer der Königstochter aus dem See zu holen. Als der Dummling zum See kam, schwammen die Enten, die er einmal gerettet hatte, heran, tauchten unter und holten den Schlüssel aus der Tiefe.

Die dritte Aufgabe aber war die schwerste. Von den drei

schlafenden Töchtern des Königs sollte die jüngste und die liebste herausgesucht werden. Sie glichen sich aber vollkommen und waren durch nichts verschieden, als dass sie, bevor sie eingeschlafen waren, verschiedene Süßigkeiten gegessen hatten, die älteste ein Stück Zucker, die zweite ein wenig Sirup, die jüngste einen Löffel voll Honig. Da kam die Bienenkönigin von den Bienen, die der Dummling vor dem Feuer geschützt hatte, und versuchte den Mund von allen dreien, zuletzt blieb sie auf dem Mund sitzen, der Honig gegessen hatte, und so erkannte der Dummling die rechte. Da war der Zauber vorbei. Alles war aus dem Schlaf erlöst, und wer von Stein war, erhielt seine menschliche Gestalt wieder. Und der Dummling vermählte sich mit der jüngsten und liebsten und wurde König nach ihres Vaters Tod. Seine zwei Brüder aber erhielten die beiden andern Schwestern.

Die kluge Else

Es war einmal ein Mann, der hatte eine Tochter, die hieß die kluge Else. Als sie nun erwachsen war, sprach der Vater: »Wir wollen sie heiraten lassen.«
»Ja«, sagte die Mutter, »wenn nur einer käme, der sie haben wollte.«
Endlich kam von weither ein junger Mann, der hieß Hans und hielt um sie an. Er machte aber zur Bedingung, dass die kluge Else auch recht gescheit wäre.
»Oh«, sprach der Vater, »die hat Zwirn im Kopf!«
Und die Mutter sagte: »Ach, die sieht den Wind auf der Gasse laufen und hört die Fliegen husten.«
»Ja«, sprach der Hans, »wenn sie nicht gescheit ist, nehm ich sie nicht.«
Als sie nun zu Tisch saßen und gegessen hatten, sagte die Mutter: »Else, geh in den Keller und hol Bier.« Da nahm die kluge Else den Krug von der Wand, ging in den Keller und klapperte unterwegs mit dem Deckel, damit ihr die Zeit nicht lang werde. Als sie unten war, holte sie ein Stühlchen und stellte es vors Fass, damit sie sich nicht zu bücken brauchte und ihr der Rücken nicht wehtäte. Dann stellte sie die Kanne vor sich hin und drehte den Hahn auf. Während das Bier hineinlief, wollte sie doch nicht müßig sein, und sah sich um. Nach vielem Hin- und Herschauen erblickte sie eine Kreuzhacke, die die Maurer aus Versehen in der Wand stecken gelassen hatten. Da fing die kluge Else zu weinen an und sagte: »Wenn ich den Hans kriege, und wir kriegen ein Kind, und das ist groß, und wir schicken es in den Keller, dass es hier Bier zapfen soll, so fällt ihm die Kreuzhacke auf den Kopf und schlägt es tot.«
Da saß sie und weinte und schrie aus Leibeskräften über

das bevorstehende Unglück. Die oben warteten auf das Bier, aber die kluge Else kam nicht. Da sprach die Frau zur Magd: »Geh doch hinunter in den Keller und sieh, wo die Else bleibt.«
Die Magd ging und fand sie vor dem Fass sitzend und laut schreiend.
»Else, was weinst du?«, fragte die Magd.
»Ach«, antwortete sie, »soll ich nicht weinen? Wenn ich den Hans kriege, und wir kriegen ein Kind, und das ist groß und soll hier Bier holen, so fällt ihm vielleicht die Kreuzhacke auf den Kopf und schlägt es tot.«
Da sprach die Magd: »Was haben wir für eine kluge Else!« – setzte sich zu ihr und fing auch an, über das Unglück zu weinen. Nach einer Weile, als die Magd nicht wiederkam und die droben durstig wurden, sagte der Mann zum Knecht: »Geh doch hinunter in den Keller und sieh, wo die Else und die Magd bleiben.«
Der Knecht ging hinab. Da saßen die kluge Else und die Magd und weinten beide zusammen. Da fragte er: »Was weint ihr denn?«
»Ach«, sprach die Else, »soll ich nicht weinen? Wenn ich den Hans kriege, und wir kriegen ein Kind, und das ist groß und soll hier Bier zapfen, so fällt ihm die Kreuzhacke auf den Kopf und schlägt es tot.«
Da sprach der Knecht: »Was haben wir für eine kluge Else!« – setzte sich zu ihr und fing auch laut an zu heulen. Oben warteten sie auf den Knecht, als er aber immer nicht kam, sagte der Mann zur Frau: »Geh doch hinunter in den Keller und sieh, wo die Else bleibt.«
Die Frau ging hinab und fand die drei im Wehklagen und fragte nach der Ursache. Da erzählte ihr die Else auch, dass ihr zukünftiges Kind wohl von der Kreuzhacke totgeschlagen würde, wenn es erst groß wäre und Bier holen sollte und

die Kreuzhacke fiele herab. Da sprach die Mutter gleichfalls: »Ach, was haben wir für eine kluge Else!« – setzte sich hin und weinte mit. Der Mann oben wartete noch ein Weilchen, als aber seine Frau nicht wiederkam und sein Durst immer stärker wurde, sprach er: »Ich muss nun selber in den Keller gehen und sehen, wo die Else bleibt.«

Als er aber in den Keller kam und alle da beieinandersaßen und weinten und er hörte, dass das Kind, das Else vielleicht einmal zur Welt bringen würde, von der Kreuzhacke totgeschlagen werden könnte, wenn es gerade zu der Zeit, wo sie herabfiele, darunter säße, um Bier zu zapfen, da rief er: »Was für eine kluge Else!« – setzte sich und weinte auch mit. Der Bräutigam blieb lange oben allein. Da niemand wiederkam, dachte er: Sie werden unten auf mich warten, ich

muss auch hingehen und sehen, was sie vorhaben. Als er hinabkam, saßen da fünf und schrien und jammerten ganz erbärmlich, einer mehr als der andere.
»Was für ein Unglück ist denn geschehen?«, fragte er.
»Ach, lieber Hans«, sagte die Else, »wenn wir einander heiraten und haben ein Kind, und es ist groß, und wir schicken es vielleicht hierher, um Bier zu holen, da kann ja die Kreuzhacke, die da oben stecken geblieben ist, herabfallen, ihm den Kopf zerschlagen, sodass es liegen bleibt. Sollen wir da nicht weinen?«

Nun«, sprach Hans, »mehr Verstand ist für meinen Haushalt nicht nötig. Weil du so eine kluge Else bist, so will ich dich haben«, packte sie bei der Hand und nahm sie mit hinaus und hielt Hochzeit mit ihr. Als sie eine Weile verheiratet waren, sagte Hans: »Frau, ich will ausgehen, arbeiten und Geld verdienen, geh du ins Feld und schneid das Korn, dass wir Brot haben.«
» Ja, mein lieber Hans, das will ich tun.«
Nachdem der Hans fort war, kochte Else sich einen guten Brei und nahm ihn mit ins Feld. Als sie zu dem Acker kam, sagte sie zu sich selbst: »Was tue ich? Schneide ich erst oder esse ich erst? Hei, ich will erst essen!«
Nun aß sie ihren Topf mit Brei aus, und als sie satt war, sagte sie: »Was tue ich? Schneide ich erst oder schlafe ich erst? Hei, ich will erst schlafen.«
Sie legte sich ins Korn und schlief ein. Der Hans war längst zu Haus, aber die Else kam nicht, da sprach er: »Was hab ich für eine kluge Else, die ist so fleißig, dass sie nicht einmal nach Haus kommt und isst.«
Als sie aber immer noch ausblieb und es Abend wurde, ging der Hans hinaus und wollte sehen, was sie geschnitten hätte. Aber es war nichts geschnitten und sie lag im Korn und schlief. Da lief Hans geschwind nach Hause, holte ein Vogelgarn mit kleinen Schellen und hängte es um sie herum … und sie schlief noch immer. Dann lief er heim, schloss die Haustür zu und setzte sich auf seinen Stuhl und arbeitete. Endlich, als es schon ganz dunkel war, wachte die kluge Else auf. Und als sie aufstand, rappelte es um sie herum, und die Schellen klingelten bei jedem Schritt, den sie tat. Da erschrak sie und wusste nicht, ob sie auch wirklich die kluge Else wäre, und fragte: »Bin ich's oder bin ich's nicht?« Sie wusste aber nicht, was sie darauf antworten sollte, und stand eine Zeit lang da und überlegte. Endlich dachte sie:

Ich will nach Haus gehen und fragen, ob ich's bin oder ob ich's nicht bin, die werden's ja wissen.
Sie lief zu ihrer Haustür, aber die war verschlossen. Da klopfte sie an das Fenster und rief: »Hans, ist die Else drinnen?«
»Ja«, antwortete Hans, »sie ist drinnen.«
Da erschrak sie und sagte: »Ach Gott, dann bin ich's nicht!« – und ging zu einer anderen Tür. Als aber die Leute das Klingeln der Schellen hörten, machten sie nicht auf, und sie konnte nirgends unterkommen. Da lief sie fort zum Dorf hinaus und niemand hat sie wieder gesehen.

Der alte Grossvater und sein Enkel

Es war einmal ein steinalter Mann, dem waren die Augen trüb geworden, die Ohren taub, und die Knie zitterten ihm. Wenn er nun bei Tisch saß und den Löffel kaum halten konnte, schüttete er Suppe auf das Tischtuch, und es floss ihm auch etwas wieder aus dem Mund. Sein Sohn und dessen Frau ekelten sich davor, und deswegen musste sich der alte Großvater hinter den Ofen in die Ecke setzen, und sie gaben ihm sein Essen in ein irdenes Schüsselchen und noch dazu nicht einmal genug zum Sattwerden; da sah er betrübt nach dem Tisch, und die Augen wurden ihm nass. Einmal konnten seine zitterigen Hände auch das Schüsselchen nicht festhalten, es fiel zur Erde und zerbrach. Die junge Frau schalt, er sagte aber nichts und seufzte nur. Da kaufte sie ihm ein hölzernes Schüsselchen für ein paar Heller, daraus musste er nun essen.

Als sie so dasitzen, trägt der kleine Enkel von vier Jahren auf der Erde kleine Bretter zusammen.

»Was machst du da?«, fragte der Vater.

»Ich mache ein Tröglein«, antwortete das Kind, »daraus sollen Vater und Mutter essen, wenn ich groß bin.«

Da sahen sich Mann und Frau eine Weile an, fingen endlich an zu weinen, holten sofort den alten Großvater an den Tisch und ließen ihn von nun an immer mitessen, sagten auch nichts, wenn er ein wenig verschüttete.

Der gestiefelte Kater

Es war einmal ein Müller, der hatte drei Söhne. fleißig halfen sie ihm beim Mahlen. Als der Müller sein Ende nahen fühlte, verteilte er seine Habe. Der älteste Sohn bekam die Mühle, der zweite den Esel und der jüngste nichts als den Kater.

Der jüngste war sehr traurig, dass er einen so ärmlichen Anteil bekommen hatte. »Meine Brüder«, sagte er, »werden sich zusammentun und ihren Unterhalt ehrlich verdienen. Ich kann mir nur Pelzhandschuhe aus dem Fell des Katers machen lassen, dann aber muss ich vor Hunger sterben.«

Der Kater hatte diese Worte gehört, ohne dass er gesehen wurde. »Betrübt Euch nicht, mein Herr«, sagte er. »Gebt mir einen Sack und lasst mir ein Paar Stiefel anmessen, damit ich in das Dickicht des Waldes gehen kann. Bald werdet Ihr sehen, dass Euch kein schlechter Teil der Erbschaft zugefallen ist, wie Ihr bisher geglaubt habt.« Erstaunt lauschte der jüngste Sohn den Worten des Katers, doch hatte er bei seinem Mäusefang so viele kluge Schliche an ihm bemerkt, dass er fortan nicht mehr verzweifelte, sondern hoffte, der listige Kater werde ihm Hilfe bringen.

Der Kater erhielt, um was er gebeten hatte. Er zog die Stiefel an, tat den Sack um den Hals und band Schnüre daran mit seinen beiden Vorderpfoten. Nun ging er fort in einen Wald, worin sich viele Kaninchen tummelten. Er schüttete Korn in den Sack und legte ihn ins Gras, die Schnüre behielt er aber in der Hand und versteckte sich hinter einem Strauch. Geduldig wartete der Kater, dass sich junge Kaninchen verlocken ließen von dem Korn zu naschen. So kam es auch. Mit Freuden sah er, wie ein leichtsinniges junges Kaninchen in den Sack hoppelte. Da zog der Kater schnell an den

Schnüren, der Sack ging zu, das Kaninchen war gefangen. Da nahm er's heraus und tötete es.

Ganz stolz auf seine Jagdbeute ging der Kater davon und begab sich zum Schloss des Königs. »Ich möchte den König sprechen«, sagte er zu der verwunderten Schlosswache; die erstaunte über den merkwürdigen Kater, der Stiefel trug und aufrecht ging wie ein Mensch. Man führte ihn hinauf und er trat in die Gemächer des Königs. Vor dem König machte er eine tiefe Reverenz und sprach: »Allergnädigster König! Hier bringe ich ein Kaninchen aus dem Kaninchenwald. Mein Herr, der Graf von Carabas, hat mir, seinem Diener, befohlen, Euer Majestät das Kaninchen zu überreichen.« Der Kater hatte aber gewusst, wie sehr der König Kaninchen schätzte auf seiner Hoftafel. Huldvoll sprach der König: »Sage deinem Herrn, dem Grafen von Carabas, dass ich ihm für die große Freude danke, die er mir bereitet hat.«

Ein andermal versteckte sich der gestiefelte Kater in einem Getreidefeld und ließ den Sack offen stehen. Da liefen zwei Rebhühner hinein, er zog den Sack zu und fasste sie alle beide. Wieder ging er ins Königsschloss und überreichte dem König die Rebhühner, die auch zu seinen Lieblingsspeisen gehörten. Mit großem Vergnügen nahm der König diese neuen Leckerbissen an. Dem Kater ließ er köstliche Erfrischungen bringen.

Während zwei oder drei Monaten setzte der tüchtige Kater seine Jagd fort und trug von Zeit zu Zeit dem König Wildbret ins Schloss. Und immer freute sich dieser herzlich über die wohlschmeckenden Kaninchen und Rebhühner des Grafen von Carabas.

Eines Tages sagte der König zu seiner Tochter, der schönsten Prinzessin der Welt: »In den nächsten Tagen wollen wir an den lieblichen Ufern des Flusses spazieren fahren.«

Der Kater hörte davon, dachte nach und fand bald einen klugen Plan. Fröhlich ging er zu seinem Herrn und sprach: »Wenn Ihr, guter Herr, meinem Rat folgen wollt, ist Euer Glück gemacht! Ihr braucht Euch nur in dem Fluss zu baden, an der Stelle, die ich Euch zeigen werde. Alles andere überlasst nur mir.«
Der Müllerssohn tat, wie ihm sein Kater geraten hatte, obgleich er nicht im Geringsten wusste, was das alles bedeuten sollte. Lustig schwamm und plätscherte er im Fluss herum – aber gerade in dem Augenblick fuhr in vergoldeter Kutsche der König mit der Prinzessin vorbei. Da fing der Kater an, laut zu schreien: »Zu Hilfe! Zu Hilfe! Der Graf von Carabas ertrinkt!« Neugierig steckte der König den Kopf aus der Kutsche. Plötzlich rief er: »Sieh da, liebe Tochter, das ist wahrhaftig der Kater, der mir die leckeren Kaninchen und Rebhühner ins Schloss gebracht hat!« Und seinen Begleitern befahl er: »Schnell, schnell, rettet den Grafen von Carabas!«
Während man den armen Grafen aus dem Fluss herauszog, näherte sich der Kater der Kutsche und jammerte: »Ach, allergnädigster Herr König! Als mein Herr badete, kamen Diebe und stahlen seine kostbaren Kleider. Wohl schrie mein Graf: ›Haltet den Dieb! Haltet den Dieb!‹ Vergebens, die Diebe waren schon über alle Berge.« Der Kater, dieser Schelm, hatte aber die Kleider unter einem großen Stein versteckt.
Der König ließ die Offiziere seiner Kleiderkammer rufen und befahl ihnen: »Holt eines meiner schönsten Kleider für den Herrn Grafen von Carabas.«
Wie prächtig sah der Müllerssohn in dem neuen Gewand aus! Der König unterhielt sich leutselig mit ihm, der nun ein wirklicher Graf zu sein schien. Jeder lobte sein edles Antlitz und sein feines Benehmen. Die Prinzessin fand großes

Gefallen an dem jungen Grafen, der sie so ehrerbietig und bewundernd anblickte.
Der König lud ihn ein, in die Staatskutsche zu steigen und mitzufahren. Wie gerne tat er es! Glücklich war der Kater, dass seine fein eingefädelten Pläne bisher so gut gelungen waren. Nun reiste er schnell voraus. Er sah Bauern, die eine Wiese mähten, und rief: »Gute, fleißige Leute, gleich fährt der König vorbei; wenn er euch fragt, wem die Wiese gehört, dann antwortet ihm: ›Dem Grafen von Carabas.‹ Tut ihr's nicht, so werdet ihr alle umgebracht.« Bald darauf kam die Kutsche heran. Der König fragte, wem die Wiese gehöre. »Dem Grafen von Carabas!«, riefen die Mäher alle, denn sie fürchteten die Drohung des Katers. »Ihr habt da eine reizende Wiese«, sagte der König zum Grafen. »Ja, diese Wiese bringt alle Jahre tüchtig etwas ein«, antwortete der Graf.
Der Kater, der stets seinen Vorsprung behielt, sah Schnitter auf dem Feld. »Gute, fleißige Leute«, rief er, »gleich fährt der König vorbei. Wenn er euch fragt, wem das Feld gehört, dann antwortet ihm: ›Dem Grafen von Carabas.‹ Sagt ihr's aber nicht, so werdet ihr sterben müssen.«
Schnell kam die Kutsche, und der König fragte, wem das Kornfeld gehöre. »Dem Grafen von Carabas!«, riefen die Schnitter alle, denn sie hatten Angst vor dem Zorn des Katers.
Wieder freute sich der König über den Reichtum des Grafen von Carabas. So lief der Kater immer der königlichen Kutsche voraus und sagte allen, die er unterwegs antraf, das Gleiche wie den Mähern und Schnittern. Wie erstaunte da der König über die großen Güter des Grafen!
Zuletzt hielt der Kater vor einem schönen Schloss an, hier wohnte ein Zauberer, einer der reichsten auf der Erde; denn alles Land, durch das sie gefahren waren, gehörte ihm. Der

Kater wünschte den Zauberer zu sehen und seine Künste kennenzulernen. Man ließ ihn hinein in die Gemächer, und er begrüßte den Zauberer höflich: »Ich wollte nicht an Eurem Schloss vorübergehen, ohne die Ehre gehabt zu haben, Euch meine Aufwartung zu machen.« Der Zauberer empfing ihn freundlich und bat den Gast, Platz zu nehmen. »Man hat mir versichert«, sprach der Kater, »dass Ihr die Kunst versteht, Euch in ein Tier, gleich welcher Art, zu verwandeln, zum Beispiel in einen Löwen oder in einen Elefanten.«

»Das ist wahr, so ist es«, antwortete der Zauberer stolz. »Und um es Euch zu beweisen, könnt Ihr mich sogleich als Löwen sehen.«

Wie war der Kater erschrocken, als plötzlich ein Löwe vor ihm stand und brüllte. Hast du nicht gesehen, sprang er auf das Dach, aber mit Stiefeln auf Dachziegeln zu spazieren, war für den Kater eine gefährliche Sache.

Erst nachdem der Zauberer wieder seine wahre Gestalt angenommen hatte, sprang der Kater vom Dach herab. Er gestand dem Zauberer, wie sehr er sich vor dem Löwen gefürchtet habe. »Man hat mir auch erzählt«, sagte der Kater, »aber ich vermag es nicht zu glauben, dass Ihr Euch sogar in die kleinsten Tiere verwandeln könnt, zum Beispiel in eine Ratte oder in eine Maus. Nein, nein, das ist unmöglich!«

»Unmöglich?«, lachte der Zauberer. »Gleich will ich es Euch beweisen.« Und im selbigen Augenblick verwandelte er sich in eine Maus, die eilig über den Fußboden lief. Kaum aber hatte der Kater sie erblickt, als er sich auf sie stürzte und sie auffraß.

Wie das geschehen war, fuhr die Kutsche des Königs am Schloss entlang. Der König ließ halten, er wollte hinein und den Schlossherrn besuchen. Der Kater hörte die Kutsche,

die über die Zugbrücke fuhr, und lief ihr entgegen. Mit einer Reverenz begrüßte er den König: »Euer Majestät, seid herzlich willkommen im Schloss des Grafen von Carabas!«
»Wie, Herr Graf, dieses Schloss gehört Euch auch? Es gibt nichts Schöneres als diesen Schlosshof und die prächtigen Gebäude, die ihn umgeben. Lasst uns nun die inneren Gemächer ansehen!«
Der Graf reichte der jungen Prinzessin den Arm, und beide folgten dem König, der als Erster in das Schloss hineinging. Sie betraten einen großen Saal, wo sie köstliche Speisen fanden. Der Zauberer hatte sie für seine Freunde bereiten lassen, die nun aber nicht wagten, ins Schloss zu gehen, weil der König darin weilte. Der König war entzückt von dem reichen Grafen von Carabas, und seine Tochter, die liebliche Prinzessin, hatte ihn von Herzen gern. Froh speisten sie und tranken edlen Wein. »Mein lieber Herr Graf«, sagte der König lächelnd, »nur an Euch allein liegt es, wenn Ihr nicht mein Schwiegersohn werden wollt.«

Ehrerbietig verbeugte sich der Graf mehrere Male und sprach: »Allergnädigster König! Euer Schwiegersohn zu werden, ist mein inniger Wunsch!« Noch am selben Tag wurde herrlich die Hochzeit gefeiert. Der König ernannte den gestiefelten Kater zum Ersten Minister des Landes. Das hatte er wahrlich verdient. Nach Mäusen aber jagte er nur noch, um sich die Zeit zu vertreiben.

Der Arme und der Reiche

Vor alten Zeiten, als der liebe Gott noch auf Erden unter den Menschen wandelte, trug es sich zu, dass er eines Abends müde war und ihn die Nacht überfiel, bevor er zu einer Herberge kam. Nun standen am Wege vor ihm zwei Häuser einander gegenüber: Das eine war groß und schön, das andere klein und ärmlich anzusehen. Das große gehörte einem reichen, das kleine einem armen Mann.

Da dachte unser Herrgott: Dem Reichen werde ich nicht zur Last fallen, bei ihm will ich übernachten. Als der Reiche an seine Tür klopfen hörte, machte er das Fenster auf und fragte den Fremdling, was er suche. Der Herr antwortete: »Ich bitte um ein Nachtlager.« Der Reiche guckte den Wandersmann vom Kopf bis zu den Füßen an, und weil der liebe Gott schlichte Kleider trug und nicht aussah wie einer, der viel Geld in der Tasche hat, schüttelte der Reiche den Kopf und sprach: »Ich kann Euch nicht aufnehmen, meine Kammern sind voll von Kräutern und Samen. Wollte ich einen jeden beherbergen, der an meine Tür klopft, so könnte ich selber den Bettelstab in die Hand nehmen! Sucht Euch anderswo eine Unterkunft!« Damit schlug er sein Fenster zu und ließ den lieben Gott stehen.

Da kehrte ihm der liebe Gott den Rücken und ging hinüber zu dem kleinen Haus. Kaum hatte er dort angeklopft, so machte der Arme schon seine Tür auf und bat den Wandersmann, einzutreten. »Bleibt die Nacht über bei mir«, sagte er. »Es ist schon finster und heute könnt Ihr doch nicht mehr weitergehen.«

Das gefiel dem lieben Gott und er trat bei ihm ein. Die Frau des Armen reichte ihm die Hand, hieß ihn willkommen und sagte: »Macht Euch's bequem! Ihr müsst vorliebnehmen mit dem, was wir haben. Es ist nicht viel, aber wir geben es gern.«

Dann setzte sie Kartoffeln ans Feuer, und während sie kochten, molk sie die Ziege, damit sie ein wenig Milch dazu hätten. Als der Tisch gedeckt war, setzte sich der liebe Gott nieder und aß mit ihnen, und es schmeckte ihm gut, denn er sah nur vergnügte Gesichter neben sich. Als sie gegessen hatten und Schlafenszeit war, rief die Frau heimlich ihren Mann und sprach: »Hör, lieber Mann, wir wollen uns heute Nacht Stroh aufschütten, damit sich der arme Wanderer in unser Bett legen und ausruhen kann. Er ist den ganzen Tag über gegangen und wird müde sein.«

»Von Herzen gern«, antwortete der Mann, »ich will's ihm anbieten.« Er ging zum lieben Gott und bat ihn, er möge sich in ihr Bett legen und seine Glieder ordentlich ausruhen. Der liebe Gott wollte den beiden Alten ihr Lager nicht nehmen, aber sie ließen nicht ab, bis er es endlich tat und sich in ihr Bett legte. Die beiden Alten aber bereiteten sich ein Strohlager auf der Erde. Am andern Morgen standen sie schon vor Tag auf und kochten dem Gast ein Frühstück, so gut sie es hatten. Als nun die Sonne durchs Fenster schien und der liebe Gott aufgestanden war, aß er wieder mit ihnen und wollte dann seines Weges ziehen. Auf der Türschwelle kehrte er sich nochmals um und sprach: »Weil ihr so gut und mitleidig wart, dürft ihr euch dreierlei wünschen. Ich will es euch erfüllen.«

Da sagte der Arme: »Was soll ich mir sonst wünschen als die ewige Seligkeit und dass wir zwei, solange wir leben, gesund bleiben und unser tägliches Brot dazu haben! Fürs Dritte weiß ich mir nichts zu wünschen.«

Der liebe Gott sprach: »Willst du dir nicht ein neues Haus wünschen?«

»Oh ja«, sagte der Mann, »wenn ich das auch noch haben kann, so wär's mir wohl lieb.« Da erfüllte der Herr ihre Wünsche, verwandelte ihr altes Haus in ein neues, gab ihnen nochmals seinen Segen und zog weiter.
Es war schon heller Vormittag, als der Reiche aufstand. Er legte sich ins Fenster und sah gegenüber, wo sonst eine alte Hütte gestanden hatte, ein schönes neues Haus mit roten Ziegeln. Da machte er große Augen, rief seine Frau herbei und sprach: »Sag mir, was ist geschehen? Gestern Abend stand noch die alte elende Hütte dort und heute steht da ein schönes neues Haus! Lauf hinüber und frage, wie das gekommen ist.«
Die Frau ging und fragte den Armen aus. Er erzählte ihr: »Gestern Abend kam ein Wanderer, der suchte Nachtherberge, und heute Morgen beim Abschied hat er uns drei Wünsche gewährt: die ewige Seligkeit, Gesundheit in diesem Leben und dazu das tägliche Brot und zuletzt noch ein schönes neues Haus.«
Die Frau des Reichen lief eilig zurück und erzählte ihrem Mann, wie alles gekommen war. Da sprach der Mann: »Ich möchte mich zerreißen und zerschlagen! Hätte ich das nur gewusst. Der Fremde ist zuvor hier gewesen und hat bei uns übernachten wollen, ich aber habe ihn abgewiesen.«
»Beeil dich«, sprach die Frau, »und setz dich auf dein Pferd, so kannst du den Mann noch einholen. Vielleicht gewährt er dir auch drei Wünsche.«
Der Reiche befolgte den guten Rat, jagte mit seinem Pferd davon und holte den lieben Gott noch ein. Er redete fein und lieblich und bat, er möcht's nicht übel nehmen, dass er nicht gleich eingelassen worden wäre, er hätte den Schlüssel zur Haustür gesucht, derweil wäre er weggegangen. Wenn er des Weges zurückkäme, müsste er bei ihm einkehren.
»Ja«, sprach der liebe Gott, »wenn ich einmal zurück-

komme, will ich es tun.« Da fragte der Reiche, ob er nicht auch drei Wünsche tun dürfe wie sein Nachbar. Ja, sagte der liebe Gott, das dürfe er wohl, es wäre aber nicht gut für ihn, und er solle sich lieber nichts wünschen.
Der Reiche meinte, er wolle sich schon etwas aussuchen, was zu seinem Glück führe, wenn er nur wüsste, dass es erfüllt würde. Da sprach der liebe Gott: »Reit heim und drei Wünsche, die du tust, die sollen in Erfüllung gehen!«
Nun hatte der Reiche, was er verlangte, ritt heimwärts und fing an nachzusinnen, was er sich wünschen sollte. Als er so angestrengt nachdachte und die Zügel fallen ließ, fing das Pferd an zu springen, sodass er immerfort in seinen Gedanken gestört wurde. Er klopfte dem Pferd auf den Hals und sagte: »Sei ruhig, Liese!« Aber das Tier machte aufs Neue Männchen. Da wurde er zuletzt ärgerlich und rief ungeduldig: »Dummes Tier, du sollst dir den Hals brechen!«
Kaum hatte er diese Worte ausgesprochen, plumps, fiel er auf die Erde, und unter ihm lag das Pferd tot und regte sich nicht mehr. Damit war der erste Wunsch erfüllt. Weil der Mann aber von Natur sehr geizig war, wollte er das Sattelzeug nicht im Stich lassen, schnitt es ab, hängte es auf seinen Rücken und musste nun zu Fuß gehen. Wie gut, dass ich noch zwei Wünsche übrig habe, dachte er und tröstete sich damit.
Als er nun langsam durch den Sand dahinging und zu Mittag die Sonne heiß brannte, wurde ihm vor Hitze ganz verdrießlich. Der Sattel drückte ihn auf dem Rücken, und es war ihm immer noch nichts eingefallen, was er sich wünschen sollte. »Wenn ich mir auch alle Reichtümer und Schätze der Welt wünsche«, sprach er zu sich selbst, »so fällt mir danach doch noch allerlei ein, dieses und jenes, das weiß ich im Voraus. Ich will's aber so einrichten, dass mir gar nichts mehr zu wünschen übrig bleibt.« Dann seufzte

er und sprach: »Ja, wenn ich der bayrische Bauer wäre, der auch drei Wünsche frei hatte! Der wusste sich zu helfen! Der wünschte sich zuerst recht viel Bier und zweitens so viel Bier, wie er nur trinken könnte, und drittens noch ein Fass Bier dazu.«

Manchmal meinte er, jetzt hätte er es gefunden, aber im nächsten Augenblick schien's ihm doch wieder zu wenig. Da fiel ihm ein, wie gut es jetzt seine Frau hatte. Die saß daheim in der kühlen Stube und ließ sich's wohl schmecken! Das ärgerte ihn ordentlich, und ohne dass er es wusste, sprach er so vor sich hin: »Ich wollte, die säße daheim auf dem Sattel und könnte nicht herunter, statt dass ich ihn da auf meinem Rücken schleppe!«

Als das letzte Wort aus seinem Munde kam, war der Sattel von seinem Rücken verschwunden, und er merkte, dass

damit auch sein zweiter Wunsch in Erfüllung gegangen war. Da wurde ihm erst recht heiß. Er fing an zu laufen und wollte sich daheim ganz einsam in seine Kammer hinsetzen und in Ruhe über den letzten Wunsch nachdenken.
Als er ankam und die Tür aufmachte, saß seine Frau mitten in der Stube auf dem Sattel. Sie konnte nicht herunter und jammerte und schrie. Da sprach er: »Gib dich zufrieden, ich will dir alle Reichtümer der Welt herbeiwünschen, aber bleib da sitzen!«
Sie schalt ihn aber einen Schafskopf und sprach: »Was helfen mir alle Reichtümer der Welt, wenn ich auf dem Sattel sitze? Du hast mich darauf gewünscht, du musst mir auch wieder herunterhelfen!«
Der Mann mochte wollen oder nicht, er musste den dritten Wunsch aussprechen, damit seine Frau von dem Sattel heruntersteigen könnte. Der Wunsch wurde sogleich erfüllt. Also hatte der Reiche von allen seinen drei Wünschen nichts gehabt als Ärger, Mühe, Scheltworte und ein verlorenes Pferd. Die Armen gegenüber aber lebten vergnügt und zufrieden bis an ihr seliges Ende.

Dornröschen

Vor Zeiten lebten ein König und eine Königin, die sprachen jeden Tag: »Ach, wenn wir doch ein Kind hätten!« Aber sie kriegten immer keins. Da trug es sich zu, als die Königin einmal im Bade saß, dass ein Frosch aus dem Wasser ans Land kroch und zu ihr sprach: »Dein Wunsch wird erfüllt werden. Ehe ein Jahr vergeht, wirst du eine Tochter bekommen.«

Was der Frosch gesagt hatte, das geschah. Die Königin bekam ein Mädchen, das war so schön, dass der König sich vor Freude nicht zu fassen wusste und ein großes Fest veranstaltete. Er lud dazu nicht bloß seine Verwandten, Freunde und Bekannten, sondern auch die weisen Frauen ein, damit sie dem Kind hold und gewogen wären. Es lebten dreizehn weise Frauen in seinem Reich. Weil er aber nur zwölf goldene Teller hatte, von welchen sie essen sollten, musste eine von ihnen daheimbleiben.

Das Fest wurde mit aller Pracht gefeiert. Als es zu Ende war, beschenkten die Feen das Kind mit ihren Wundergaben. Die eine mit Tugend, die andere mit Schönheit, die dritte mit Reichtum und so mit allem, was auf der Welt zu wünschen ist.

Als elf ihre Sprüche eben gesagt hatten, trat plötzlich die dreizehnte herein. Sie wollte sich dafür rächen, dass sie nicht geladen worden war, und ohne jemanden zu grüßen oder nur anzusehen, rief sie mit lauter Stimme: »Die Königstochter soll sich in ihrem fünfzehnten Jahr an einer Spindel stechen und tot hinfallen!« Ohne ein Wort weiter zu sprechen, kehrte sie um und verließ den Saal.

Alle waren zutiefst erschrocken. Da trat die zwölfte Fee hervor, die ihren Wunsch noch übrig hatte. Und weil sie den

bösen Spruch nicht aufheben, sondern nur mildern konnte, sagte sie: »Es soll aber kein Tod sein, sondern ein hundertjähriger, tiefer Schlaf, in den die Königstochter fällt.«
Der König, der sein liebes Kind vor dem Unglück gern bewahren wollte, gab den Befehl, dass alle Spindeln im ganzen Königreich verbrannt werden sollten. An dem Mädchen aber wurden die Gaben der Feen sämtlich erfüllt. Es war so schön, sittsam, freundlich und verständig, dass es jedermann, der es ansah, lieb haben musste.
An dem Tag, an dem es fünfzehn Jahre alt wurde, geschah es nun, dass der König und die Königin nicht zu Hause waren und das Mädchen ganz allein im Schloss zurückblieb. Da ging es überall herum und besah sich alle Stuben und Kammern, wie es Lust hatte, und kam auch an einen alten Turm. In dem Schloss steckte ein verrosteter Schlüssel. Als ihn das Mädchen umdrehte, sprang die Tür auf, und da saß in einem kleinen Stübchen eine alte Frau. Sie hatte eine Spindel und spann emsig ihren Flachs.
»Guten Tag, du altes Mütterchen«, sprach die Königstochter, »was machst du da?«
»Ich spinne«, sagte die Alte und nickte mit dem Kopf.
»Was ist das für ein Ding, das so lustig herumspringt?«, fragte das Mädchen, nahm die Spindel und wollte auch spinnen. Kaum hatte es aber die Spindel angerührt, so ging der Zauberspruch in Erfüllung, und es stach sich damit in den Finger.
In dem Augenblick, da die Königstochter den Stich fühlte, fiel sie auf ein Bett nieder, neben dem sie stand, und versank in einen tiefen Schlaf. Und dieser Schlaf verbreitete sich über das ganze Schloss. Der König und die Königin, die eben heimgekommen und in den Saal getreten waren, schliefen ein und der ganze Hofstaat mit ihnen. Da schliefen auch die Pferde im Stall, die Hunde im Hof, die Tauben

auf dem Dach, die Fliegen an der Wand, ja sogar das Feuer, das auf dem Herd flackerte, wurde still und schlief ein. Der Braten hörte auf zu brutzeln, und der Koch, der den Küchenjungen zur Strafe an den Haaren ziehen wollte, ließ ihn los und schlief ein. Und der Wind legte sich und auf den Bäumen vor dem Schloss regte sich kein Blättchen mehr.

Rings um das Schloss aber begann eine Dornenhecke zu wachsen. Sie wurde mit jedem Jahr höher, umzog endlich das ganze Schloss und wuchs darüber hinaus, sodass gar nichts mehr vom Schloss zu sehen war, nicht einmal die Fahne auf dem Dach.

Es ging aber die Sage in dem Land von dem schönen schlafenden Dornröschen, denn so wurde die Königstochter genannt. Und so kamen von Zeit zu Zeit Königssöhne, die wollten durch die Hecke in das Schloss dringen. Es war ihnen aber nicht möglich, denn die Dornen hielten so fest zusammen, als hätten sie Hände, und die Jünglinge blieben darin hängen. Sie konnten sich auch nicht wieder losmachen und starben eines jämmerlichen Todes.

Nach langen Jahren kam wieder einmal ein Königssohn in das Land. Er hörte, wie ein alter Mann von der Dornenhecke erzählte, es sollte ein Schloss dahinter stehen, in dem eine wunderschöne Königstochter, Dornröschen genannt, schon seit hundert Jahren schliefe. Und mit ihr schliefen der König, die Königin und der ganze Hofstaat. Er wusste auch von seinem Großvater, dass schon viele Königssöhne gekommen waren und versucht hatten, durch die Dornenhecke zu dringen. Aber sie waren alle darin hängen geblieben und eines traurigen Todes gestorben.

Da sprach der Jüngling: »Ich fürchte mich nicht, ich will hinaus und das schöne Dornröschen sehen!« Der gute Alte mochte ihm abraten, wie er wollte, der Jüngling hörte nicht auf seine Worte.

Nun waren aber gerade die hundert Jahre verflossen, und der Tag war gekommen, an dem Dornröschen wieder erwachen sollte.

Als der Königssohn sich der Dornenhecke näherte, waren es lauter große, schöne Blumen. Sie taten sich von selbst auseinander, ließen ihn unbeschädigt hindurch und taten sich hinter ihm wieder als eine Hecke zusammen. Im Schlosshof sah er die Pferde und scheckigen Jagdhunde liegen und schlafen. Auf dem Dach saßen die Tauben und hatten das Köpfchen unter die Flügel gesteckt. Und als er ins Haus kam, schliefen die Fliegen an der Wand, der Koch in der Küche hielt noch die Hand, als wollte er den Jungen packen, und die Magd saß vor dem schwarzen Huhn, das gerupft werden sollte.

Da ging der Jüngling weiter und sah im Saal den ganzen Hofstaat liegen und schlafen, und oben bei dem Thron lagen der König und die Königin. Da ging er noch weiter, und alles war so still, dass einer seinen Atem hören konnte. Endlich kam er zu einem Turm und öffnete die Tür zu der kleinen Stube, in der Dornröschen schlief. Da lag es und war so schön, dass er die Augen nicht abwenden konnte, und er bückte sich und gab ihm einen Kuss. Als er es mit seinem Mund berührt hatte, schlug Dornröschen die Augen auf, erwachte und blickte ihn ganz freundlich an.

Da gingen sie zusammen hinunter, und der König erwachte und die Königin und der ganze Hofstaat, und alle sahen einander mit großen Augen an. Und die Pferde im Hof standen auf und schüttelten sich, die Jagdhunde sprangen und wedelten. Die Tauben auf dem Dach zogen die Köpfchen unterm Flügel hervor, sahen umher und flogen ins Feld. Die Fliegen an den Wänden krochen weiter. Das Feuer in der Küche erhob sich, flackerte und kochte das Essen. Der Braten fing wieder an zu brutzeln. Und der Koch gab dem Jun-

gen eine Ohrfeige, dass er schrie, und die Magd rupfte das Huhn fertig.
Und dann wurde die Hochzeit des Königssohns mit dem Dornröschen in aller Pracht gefeiert und sie lebten vergnügt bis an ihr Ende.

Die drei Spinnerinnen

Es war ein Mädchen faul und wollte nicht spinnen. Die Mutter mochte sagen, was sie wollte, sie konnte es nicht dazu bringen. Endlich übermannten die Mutter einmal Zorn und Ungeduld, dass sie ihm Schläge gab, worüber es laut zu weinen anfing. Nun fuhr gerade die Königin vorbei, und als sie das Weinen hörte, ließ sie anhalten, trat in das Haus und fragte die Mutter, warum sie ihre Tochter schlage, dass man draußen auf der Straße das Schreien höre. Da schämte sich die Frau, dass sie die Faulheit ihrer Tochter offenbaren sollte, und sprach: »Ich kann sie nicht vom Spinnen abbringen, sie will immer und ewig spinnen, und ich bin arm und kann den Flachs nicht herbeischaffen.«
Da antwortete die Königin: »Ich höre nichts lieber als spinnen und bin nicht vergnügter, als wenn die Räder schnurren. Gebt mir Eure Tochter mit ins Schloss. Ich habe Flachs genug, da soll sie spinnen, so viel sie Lust hat.«
Die Mutter war sehr damit zufrieden und die Königin nahm das Mädchen mit. Als sie ins Schloss gekommen waren, führte sie es hinauf zu drei Kammern, die lagen von unten bis oben voll vom schönsten Flachs.
»Nun spinn mir diesen Flachs«, sprach sie, »und wenn du es fertigbringst, sollst du meinen ältesten Sohn zum Gemahl haben. Bist du arm, so achte ich nicht darauf, großer Fleiß ist Ausstattung genug.« Das Mädchen erschrak innerlich, denn es konnte den Flachs nicht spinnen, und wäre es dreihundert Jahre alt geworden und hätte jeden Tag vom Morgen bis zum Abend dabeigesessen. Als es nun allein war, fing es an zu weinen und saß so drei Tage, ohne die Hand zu rühren.
Am dritten Tag kam die Königin. Als sie sah, dass noch

nichts gesponnen war, wunderte sie sich. Aber das Mädchen entschuldigte sich damit, dass es vor lauter Heimweh noch nicht hätte anfangen können. Das glaubte die Königin, sagte aber beim Weggehen: »Morgen musst du anfangen zu arbeiten.«
Als das Mädchen wieder allein war, wusste es sich nicht mehr zu raten und zu helfen und trat in seiner Betrübnis an das Fenster. Da sah es drei Frauen kommen. Die erste hatte einen Plattfuß, die zweite hatte eine so große Unterlippe, dass sie über das Kinn herunterhing, und die dritte hatte einen breiten Daumen. Sie blieben vor dem Fenster stehen,

schauten hinauf und fragten das Mädchen, was ihm fehle. Es klagte ihnen seine Not, da boten sie ihm ihre Hilfe an und sprachen: »Willst du uns zur Hochzeit einladen, dich unser nicht schämen und uns deine Basen nennen, auch an deinen Tisch setzen lassen, so wollen wir den Flachs wegspinnen, und das in kurzer Zeit.«

»Von Herzen gern«, antwortete es, »kommt nur herein und fangt gleich mit der Arbeit an.«

Da ließ es die drei seltsamen Weiber herein und machte in der ersten Kammer eine Lücke, wo sie sich hinsetzten und ihr Spinnen anfingen. Die eine zog den Faden und trat das Rad. Die zweite leckte den Faden an. Die dritte drehte ihn und schlug mit dem Finger auf den Tisch. Und sooft sie schlug, fiel das Garn zur Erde und das war aufs Feinste gesponnen. Vor der Königin verbarg das Mädchen die drei Spinnerinnen und zeigte ihr, sooft sie kam, das gesponnene Garn. Und die Königin lobte sie sehr.

Als die erste Kammer leer war, ging's an die zweite, endlich an die dritte, und die war auch bald aufgeräumt. Nun nahmen die drei Weiber Abschied und sagten zum Mädchen: »Vergiss nicht, was du uns versprochen hast. Es wird dein Glück sein.«

Als das Mädchen der Königin die leeren Kammern und den großen Haufen Garn gezeigt hatte, wurde die Hochzeit ausgerichtet. Der Bräutigam freute sich sehr, dass er eine so geschickte und fleißige Frau bekäme, und lobte sie gewaltig.

»Ich habe drei Basen«, sprach das Mädchen, »und da sie mir viel Gutes getan haben, so wollte ich sie nicht gern in meinem Glück vergessen: Erlaubt doch, dass ich sie zu der Hochzeit einlade und dass sie mit an dem Tisch sitzen.«

Die Königin und der Bräutigam sprachen: »Warum sollen wir das nicht erlauben?«

Als nun das Fest begann, traten die drei Jungfern in wunderlicher Kleidung herein, und die Braut sprach: »Seid willkommen, liebe Basen.«

»Ach«, sagte der Bräutigam, »wie kommst du zu der garstigen Freundschaft?«

Darauf ging er zu der Frau mit dem breiten Plattfuß und fragte:

»Wovon habt Ihr einen solchen breiten Fuß?«

»Vom Treten«, antwortete sie, »vom Treten.«

Da ging der Bräutigam zur zweiten und sprach: »Wovon habt Ihr nur die herunterhängende Lippe?«

»Vom Lecken«, antwortete sie, »vom Lecken.«

Da fragte er die dritte: »Wovon habt Ihr den breiten Daumen?«

»Vom Fadendrehen«, antwortete sie, »vom Fadendrehen.«

Da erschrak der Königssohn und sprach: »So soll mir nun nimmermehr meine schöne Braut ein Spinnrad anrühren.«

Damit war sie das böse Flachsspinnen los.

Aschenputtel

Einem reichen Mann wurde seine Frau krank, und da sie fühlte, dass ihr Ende herankam, rief sie ihr einziges Töchterchen zu sich ans Bett und sprach: »Liebes Kind, bleibe fromm und gut, so wird dir der liebe Gott immer beistehen, und ich will vom Himmel auf dich herabblicken und will um dich sein.«

Darauf tat sie die Augen zu und starb. Das Mädchen ging jeden Tag hinaus zu dem Grab der Mutter und weinte und blieb fromm und gut. Als der Winter kam, deckte der Schnee ein weißes Tuch auf das Grab, und als die Sonne im Frühjahr es wieder herabgezogen hatte, nahm sich der Mann eine andere Frau. Die Frau brachte zwei Töchter mit ins Haus, die schön und weiß von Angesicht waren, aber garstig und schwarz von Herzen. Da fing eine schlimme Zeit für das arme Stiefkind an. »Soll die dumme Gans bei uns in der Stube sitzen?«, sprachen sie. »Wer Brot essen will, muss es verdienen! Hinaus mit der Küchenmagd.« Sie nahmen ihm die schönen Kleider weg, zogen ihm einen grauen alten Kittel an und gaben ihm hölzerne Schuhe.

»Seht einmal die stolze Prinzessin, wie sie geputzt ist!«, riefen sie, lachten und führten es in die Küche. Da musste es vom Morgen bis zum Abend schwere Arbeit tun, früh vor Tag aufstehen, Wasser tragen, Feuer anmachen, kochen und waschen. Obendrein taten ihm die Schwestern alles nur mögliche Herzeleid an, verspotteten es und schütteten Erbsen und Linsen in die Asche, sodass es sie wieder auslesen musste. Abends, wenn es sich müde gearbeitet hatte, konnte es in keinem Bett schlafen, sondern musste sich neben den Herd in die Asche legen. Und weil es darum immer staubig und schmutzig aussah, nannten sie es Aschenputtel.

Es trug sich zu, dass der Vater zum Markt fahren wollte. Da fragte er die beiden Stieftöchter, was er ihnen mitbringen solle. »Schöne Kleider«, sagte die eine, »Perlen und Edelsteine«, die zweite. »Aber du, Aschenputtel«, sprach er, »was willst du haben?«
»Vater, der erste Zweig, der Euch auf Eurem Heimweg an den Hut stößt, den brecht für mich ab.«
Er kaufte nun für die beiden Stiefschwestern schöne Kleider, Perlen und Edelsteine, und auf dem Rückweg, als er durch einen grünen Wald ritt, streifte ihn ein Haselzweig und stieß ihm den Hut vom Kopf. Da brach er den Zweig ab und nahm ihn mit. Als er nach Hause kam, gab er den Stieftöchtern, was sie sich gewünscht hatten, und dem Aschenputtel gab er den Zweig von dem Haselbusch. Aschenputtel dankte ihm, ging zum Grab seiner Mutter und pflanzte den Zweig darauf und weinte so sehr, dass die Tränen darauf niederfielen und ihn begossen. Er wuchs und wurde ein schöner Baum. Aschenputtel ging jeden Tag dreimal an das Grab, weinte und betete, und jedes Mal kam ein weißes Vöglein auf den Baum. Und wenn Aschenputtel einen Wunsch aussprach, so warf ihm das Vöglein herab, was es sich gewünscht hatte.
Es begab sich aber, dass der König ein Fest vorbereitete, das drei Tage dauern sollte und zu dem alle schönen Jungfrauen im Lande eingeladen wurden, damit sich sein Sohn eine Braut aussuchen konnte.
Als die zwei Stiefschwestern hörten, dass sie auch erscheinen sollten, freuten sie sich, riefen Aschenputtel und sprachen: »Kämm uns die Haare, bürste uns die Schuhe und mach uns die Schnallen fest. Wir gehen zur Hochzeit auf des Königs Schloss.« Aschenputtel gehorchte, weinte aber, weil es auch gern zum Tanz mitgegangen wäre, und bat die Stiefmutter, sie möge es ihm erlauben. »Du Aschenput-

tel«, sprach sie, »bist voll Staub und Schmutz und willst zur Hochzeit? Du hast keine Kleider und Schuhe und willst tanzen?« Als es aber nicht aufhörte zu bitten, sagte sie endlich: »Da habe ich dir eine Schüssel Linsen in die Asche geschüttet, wenn du die Linsen in zwei Stunden wieder ausgelesen hast, so sollst du mitgehen.«
Das Mädchen ging durch die Hintertür in den Garten und rief: »Ihr zahmen Täubchen, ihr Turteltäubchen, all ihr Vöglein unter dem Himmel, kommt und helft mir lesen,

die guten ins Töpfchen,
die schlechten ins Kröpfchen.«

Da kamen zum Küchenfenster zwei weiße Täubchen herein und danach die Turteltäubchen, und endlich schwirrten und schwärmten alle Vögel unter dem Himmel herein und ließen sich um die Asche nieder. Und die Täubchen nickten mit den Köpfen und fingen an pick, pick, pick, und da fingen die Übrigen auch an pick, pick, pick und lasen alle guten Körner in die Schüssel. Kaum war eine Stunde herum, so waren sie schon fertig und flogen alle wieder hinaus. Da brachte das Mädchen die Schüssel der Stiefmutter, freute sich und glaubte, es dürfe nun mit auf die Hochzeit gehen. Aber die Stiefmutter sprach: »Nein, Aschenputtel, du hast keine Kleider und kannst nicht tanzen. Du wirst nur ausgelacht.« Als es nun weinte, sagte sie: »Wenn du mir zwei Schüsseln voll Linsen in einer Stunde aus der Asche lesen kannst, so sollst du mitgehen«, und dachte: Das kann es nimmermehr schaffen. Als sie die zwei Schüsseln Linsen in die Asche geschüttet hatte, ging das Mädchen durch die Hintertür in den Garten und rief: »Ihr zahmen Täubchen, ihr Turteltäubchen, all ihr Vöglein unter dem Himmel, kommt und helft mir lesen,

die guten ins Töpfchen,
die schlechten ins Kröpfchen.«

Da kamen zum Küchenfenster zwei weiße Täubchen herein und danach die Turteltäubchen, und endlich schwirrten und schwärmten alle Vögel unter dem Himmel herein und ließen sich um die Asche nieder. Und die Täubchen nickten mit ihren Köpfchen, fingen an pick, pick, pick, pick, und da fingen die Übrigen auch an pick, pick, pick, pick und lasen alle guten Körner in die Schüsseln. Und ehe eine halbe Stunde herum war, waren sie schon fertig und flogen alle wieder hinaus. Da trug das Mädchen die Schüsseln zu der Stiefmutter, freute sich und glaubte, nun dürfe es mit auf die Hochzeit gehen. Aber die Stiefmutter sprach: »Es hilft dir alles nichts; du kommst nicht mit, denn du hast keine Kleider und kannst nicht tanzen; wir müssten uns deiner schämen.« Darauf kehrte sie ihm den Rücken zu und eilte mit ihren zwei stolzen Töchtern fort.
Als nun niemand mehr daheim war, ging Aschenputtel zum Grab seiner Mutter, stellte sich unter den Haselbaum und rief:

»Bäumchen, rüttel dich und schüttel dich,
wirf Gold und Silber über mich.«

Da warf ihm der Vogel ein golden und silbern Kleid herunter und mit Seide und Silber bestickte Pantoffeln. In aller Eile zog es das Kleid an und ging zur Hochzeit. Seine Schwestern aber und die Stiefmutter erkannten es nicht und meinten, es müsse eine fremde Königstochter sein, so schön sah es in dem goldenen Kleid aus. An Aschenputtel dachten sie gar nicht und meinten, es säße daheim im Schmutz und suchte die Linsen aus der Asche. Der Königssohn ging zu Aschen-

puttel, nahm es bei der Hand und tanzte mit ihm. Er wollte auch sonst mit niemand tanzen und ließ seine Hand nicht los. Wenn ein anderer kam, um es aufzufordern, sprach er: »Das ist meine Tänzerin.«
Aschenputtel tanzte, bis es Abend war. Da wollte es nach Haus gehen. Der Königssohn aber sprach: »Ich gehe mit und begleite dich.« Denn er wollte sehen, wem das schöne Mädchen angehörte. Es entwischte ihm aber und sprang in das Taubenhaus. Nun wartete der Königssohn, bis der Vater kam, und sagte ihm, das fremde Mädchen sei in das Taubenhaus gesprungen. Der Alte dachte: Sollte es Aschenputtel sein? – Und sie mussten ihm Axt und Hacke bringen, damit er das Taubenhaus entzweischlagen konnte, aber es war niemand darin. Als sie ins Haus kamen, lag Aschenputtel in seinen schmutzigen Kleidern in der Asche, denn es war geschwind aus dem Taubenhaus hinten heruntergesprungen und war zu dem Haselbäumchen gelaufen. Da hatte es die schönen Kleider ausgezogen und aufs Grab gelegt, und der Vogel hatte sie wieder weggenommen. Dann hatte Aschenputtel sich in seinem grauen Kittelchen in die Küche zur Asche gesetzt. Am andern Tag, als das Fest von Neuem begann und die Eltern und Stiefschwestern wieder fort waren, ging Aschenputtel zu dem Haselbaum und sprach:

»Bäumchen, rüttel dich und schüttel dich,
wirf Gold und Silber über mich.«

Da warf der Vogel ein noch viel stolzeres Kleid herunter als am vorigen Tag. Und als Aschenputtel mit diesem Kleid auf der Hochzeit erschien, staunte jedermann über seine Schönheit. Der Königssohn aber hatte gewartet, bis es kam, nahm es gleich bei der Hand und tanzte nur allein mit ihm. Wenn die andern kamen und es aufforderten, sagte er: »Das ist meine Tänzerin.« Als es nun Abend war, wollte es fort, und der Königssohn ging ihm nach und wollte sehen, in welches Haus es ging. Aber es sprang fort in den Garten hinter dem Haus. Darin stand ein schöner großer Baum, an dem die herrlichsten Birnen hingen. Es kletterte so flink wie ein Eichhörnchen hinauf, und der Königssohn wusste nicht, wo es hingekommen war. Er wartete aber, bis der Vater kam, und sprach zu ihm: »Das fremde Mädchen ist mir entwischt, ich glaube, es ist auf den Birnbaum gesprungen.« Der Vater dachte: Sollte es Aschenputtel sein? Er ließ sich die Axt holen und hieb den Baum um, aber es war niemand darauf. Und als sie in die Küche kamen, lag Aschenputtel da in der Asche, wie sonst auch, denn es war auf der andern Seite vom Baum heruntergesprungen, hatte dem Vogel auf dem Haselbäumchen die schönen Kleider wiedergebracht und sein graues Kittelchen angezogen.

Am dritten Tag, als die Eltern und Schwestern fort waren, ging Aschenputtel wieder zum Grab seiner Mutter und sprach zu dem Bäumchen:

»Bäumchen, rüttel dich und schüttel dich,
wirf Gold und Silber über mich.«

Nun warf ihm der Vogel ein Kleid herab, das war so prächtig und glänzend, wie es noch keins gehabt hatte, und die Pantoffeln waren ganz golden. Als es in dem Kleid zu der Hochzeit kam, wussten sie alle nicht, was sie vor Verwunderung sagen sollten. Der Königssohn tanzte nur mit ihm, und wenn es einer aufforderte, sagte er: »Das ist meine Tänzerin.«

Als es nun Abend war, wollte Aschenputtel fort, und der Königssohn wollte es begleiten, aber es entsprang ihm so geschwind, dass er nicht folgen konnte. Der Königssohn

hatte aber eine List gebraucht und die ganze Treppe mit Pech bestreichen lassen. Daran war der linke Pantoffel des Mädchens hängen geblieben, als es hinabsprang. Der Königssohn hob ihn auf und er war klein und zierlich und ganz golden. Am nächsten Morgen ging er damit zu dem Mann und sagte zu ihm: »Keine andere soll meine Gemahlin werden als die, an deren Fuß dieser goldene Schuh passt.«
Da freuten sich die beiden Schwestern, denn sie hatten schöne Füße. Die älteste ging mit dem Schuh in die Kammer und wollte ihn anprobieren und die Mutter stand dabei.
Aber sie konnte mit der großen Zehe nicht hineinkommen, der Schuh war ihr zu klein, da reichte ihr die Mutter ein Messer und sprach: »Hau die Zehe ab; wenn du Königin bist, brauchst du nicht zu Fuß zu gehen.«
Das Mädchen hieb die Zehe ab, zwängte den Fuß in den Schuh, verbiss den Schmerz und ging hinaus zum Königssohn. Da nahm er sie als seine Braut aufs Pferd und ritt mit ihr fort. Sie mussten aber an dem Grab vorbei, da saßen die zwei Täubchen auf dem Haselbäumchen und riefen:

»Rucke di gu, rucke di gu,
Blut ist im Schuh.
Der Schuh ist zu klein,
die rechte Braut sitzt noch daheim.«

Da blickte er auf ihren Fuß und sah, wie das Blut herausquoll. Er wendete sein Pferd um, brachte die falsche Braut wieder nach Hause und sagte, das wäre nicht die rechte, die andere Schwester solle den Schuh anziehen. Da ging diese in die Kammer und kam mit den Zehen glücklich in den Schuh, aber die Ferse war zu groß. Da reichte ihr die Mutter ein Messer und sprach: »Hau ein Stück von der Ferse ab. Wenn du Königin bist, brauchst du nicht mehr zu

Fuß zu gehen.« Das Mädchen hieb ein Stück von der Ferse ab, zwängte den Fuß in den Schuh, verbiss den Schmerz und ging hinaus zum Königssohn. Da nahm er sie als seine Braut aufs Pferd und ritt mit ihr fort. Als sie an dem Haselbäumchen vorbeikamen, saßen die zwei Täubchen darauf und riefen:

»Rucke di gu, rucke di gu,
Blut ist im Schuh.
Der Schuh ist zu klein,
die rechte Braut sitzt noch daheim.«

Er blickte auf ihren Fuß und sah, wie das Blut aus dem Schuh quoll und an den weißen Strümpfen rot heraufgestiegen war. Da wendete er sein Pferd und brachte die falsche Braut wieder nach Haus. »Das ist auch nicht die rechte«, sprach er, »habt Ihr keine andere Tochter?« – »Nein«, sagte der Mann, »nur von meiner verstorbenen Frau ist noch ein kleines Aschenputtel da. Das kann unmöglich die Braut sein.« Der Königssohn sprach, er solle es heraufschicken, die Mutter aber antwortete: »Ach nein, das ist viel zu schmutzig, das darf sich nicht sehen lassen.« Er wollte es aber durchaus haben und Aschenputtel musste gerufen werden. Da wusch es sich erst die Hände und das Gesicht rein, ging dann hin und verneigte sich vor dem Königssohn, der ihm den goldenen Schuh reichte. Dann setzte es sich auf einen Schemel, zog den Fuß aus dem schweren Holzschuh und steckte ihn in den Pantoffel, der war wie angegossen. Und als Aschenputtel sich aufrichtete und der Königssohn ihm ins Gesicht sah, erkannte er das schöne Mädchen, das mit ihm getanzt hatte, und rief: »Das ist die rechte Braut.« Die Stiefmutter und die beiden Schwestern erschraken und wurden bleich vor Ärger. Er aber nahm Aschenputtel aufs

Pferd und ritt mit ihm fort. Als sie an dem Haselbäumchen vorbeikamen, riefen die zwei Täubchen:

»Rucke di gu, rucke di gu,
kein Blut ist im Schuh.
Der Schuh ist nicht zu klein,
die rechte Braut, die führt er heim.«

Und als sie das gerufen hatten, kamen sie beide herabgeflogen und setzten sich dem Aschenputtel auf die Schultern, eine rechts, die andere links, und blieben da sitzen.
Als die Hochzeit mit dem Königssohn gehalten werden sollte, kamen die falschen Schwestern, wollten sich einschmeicheln und an seinem Glück teilnehmen. Als die Brautleute zur Kirche gingen, begleitete die älteste Schwester sie an der rechten, die jüngste an der linken Seite. Da pickten die Tauben jeder das eine Auge aus. Danach, als sie wieder aus der Kirche kamen, war die älteste zur Linken und die jüngste zur Rechten. Da pickten die Tauben einer jeden das andere Auge aus. Und so waren sie für ihre Bosheit und Falschheit mit Blindheit für ihr Lebtag bestraft.

Die kluge Bauerntochter

Es war einmal ein armer Bauer, der hatte kein Land, nur ein kleines Häuschen und eine einzige Tochter.
Da sprach die Tochter: »Wir sollten den Herrn König um ein Stückchen Ödland bitten.«
Als der König von ihrer Armut hörte, schenkte er ihnen auch ein Eckchen Rasen. Den hackten sie um und wollten ein wenig Korn und Frucht darauf säen. Als sie den Acker beinah umgegraben hatten, fanden sie in der Erde einen Mörser aus purem Gold.
»Hör«, sagte der Vater zu dem Mädchen, »weil unser Herr König so gnädig gewesen ist und uns diesen Acker geschenkt hat, müssen wir ihm den Mörser dafür geben.«
Die Tochter aber wollte es nicht und sagte: »Vater, wenn wir den Mörser haben und den Stößer nicht, dann müssen wir auch den Stößer herbeischaffen, darum schweigt lieber still.« Er wollte ihr aber nicht gehorchen, nahm den Mörser, trug ihn zum König und sagte, den habe er in der Heide gefunden, ob er ihn als Geschenk annehmen wolle.
Der König nahm den Mörser und fragte, ob er nicht mehr gefunden habe.
»Nein«, antwortete der Bauer.
Da sagte der König, er solle nun auch den Stößer herbeischaffen.
Der Bauer sprach: »Den haben wir nicht gefunden.« Aber das half ihm so viel, als hätte er's in den Wind gesagt. Er wurde ins Gefängnis gesetzt und sollte da so lange sitzen, bis er den Stößer herbeigeschafft hätte. Die Bedienten mussten ihm täglich Wasser und Brot bringen, was man so im Gefängnis kriegt. Da hörten sie, wie der Mann immerfort schrie: »Ach, hätt ich doch auf meine Tochter gehört.«

Da gingen die Bedienten zum König und er befahl ihnen, sie sollten den Gefangenen vor ihn bringen. Da fragte ihn der König: »Was hat Eure Tochter denn gesagt?«
»Ja, sie hat gesprochen, ich sollte den Mörser nicht bringen, sonst müsste ich auch den Stößer herbeischaffen.«
»Habt Ihr so eine kluge Tochter, so lasst sie einmal herkommen.«
Also musste sie vor den König kommen. Er fragte sie, ob sie denn so klug wäre, und sagte, er wolle ihr ein Rätsel aufgeben. Wenn sie das lösen könne, dann wolle er sie heiraten. Da sagte sie gleich, dass sie es erraten wolle. Der König sagte: »Komm zu mir, nicht gekleidet, nicht nackend, nicht geritten, nicht gefahren, nicht auf dem Weg, nicht neben dem Weg. Wenn du das kannst, will ich dich heiraten.«
Da ging sie hin, zog sich splitternackend aus, da war sie nicht gekleidet, nahm ein großes Fischgarn, setzte sich hinein und wickelte es ganz um sich herum, da war sie nicht nackend. Sie borgte sich einen Esel für Geld und band dem Esel das Fischgarn an den Schwanz, darin musste er sie fortschleppen. Und das war nicht geritten und nicht gefahren. Der Esel musste sie aber so schleppen, dass sie nur mit der großen Zehe die Erde berührte, und das war nicht auf dem Weg und nicht neben dem Weg. Und wie sie so daherkam, sagte der König, sie habe das Rätsel gelöst, und es sei alles erfüllt. Da ließ er ihren Vater aus dem Gefängnis, nahm sie zu sich als seine Gemahlin und befahl ihr das ganze königliche Gut an.
Nun waren etliche Jahre herum, als der König zur Parade zog. Da trug es sich zu, dass Bauern mit ihren Wagen vor dem Schloss hielten, die hatten Holz verkauft. Etliche hatten Ochsen vor ihren Wagen gespannt und etliche Pferde. Ein Bauer war dabei, der hatte drei Pferde. Davon kriegte eins ein junges Fohlen. Das Fohlen lief weg und legte sich

mitten zwischen die Ochsen, die vor dem Wagen waren. Als nun die Bauern zusammenkamen, fingen sie an sich zu zanken, zu schmeißen und zu lärmen. Der Ochsenbauer wollte das Fohlen behalten und sagte, die Ochsen hätten's gehabt, und es wäre seins. Der andere sagte, nein, seine Pferde hätten's gehabt, und es wäre seins. Der Zank kam vor den König, und er fragte, wo das Fohlen gelegen hätte. Da sollt es bleiben. Also bekam's der Ochsenbauer, dem es doch nicht gehörte. Der andere ging weg, weinte und jammerte um sein Fohlen. Nun hatte er gehört, dass die Königin so gnädig war, weil sie auch von armen Bauersleuten gekommen wäre. Er ging zu ihr und bat sie, ob sie ihm nicht helfen könne, dass er sein Fohlen wiederbekäme.
Sie sagte: »Ja, wenn Ihr mir versprecht, dass Ihr mich nicht verraten wollt, so will ich's Euch sagen. Morgen früh, wenn der König auf der Wachtparade ist, so stellt Euch hin mitten auf die Straße, wo er vorbeikommen muss, nehmt ein großes Fischgarn und tut, als fischet Ihr, und fischt immer weiter, und schüttet das Garn aus, als wenn Ihr's voll hättet.« Und sie sagte ihm auch, was er antworten sollte, wenn er vom König gefragt würde.

Also stand der Bauer am anderen Tag da und fischte auf einem trockenen Platz. Als der König vorbeikam und das sah, schickte er seinen Läufer hin, der sollte fragen, was der närrische Mann vorhabe. Der Bauer gab zur Antwort: »Ich fische.«

Der Läufer fragte, wie er fischen könne, es sei ja kein Wasser da.

Der Bauer sagte: »So gut wie zwei Ochsen ein Fohlen kriegen, so gut kann ich auch auf dem trockenen Platz fischen.«

Der Läufer ging hin und brachte dem König die Antwort. Da ließ er den Bauern vor sich kommen und fragte ihn, von wem er das hätte, das hätte er nicht von sich. Er sollt's gleich bekennen. Der Bauer aber wollt's nicht tun und sagte immer: »Gott bewahr! Ich habe es von mir.« Sie legten ihn aber in ein Bündel Stroh und schlugen ihn so lange, bis er bekannte, dass er's von der Frau Königin hätte.

Als der König nach Hause kam, sagte er zu seiner Frau: »Warum bist du so falsch mit mir, ich will dich nicht mehr zur Gemahlin. Deine Zeit ist um, geh wieder hin, woher du gekommen bist, in dein Bauernhäuschen.«

Doch er erlaubte ihr, dass sie sich das Liebste und Beste mitnehmen dürfte, was sie wüsste.

Sie sprach: »Ja, lieber Mann, wenn du's so befiehlst, will ich es auch tun.« Sie umarmte ihn und küsste ihn und sagte, sie wolle noch Abschied von ihm nehmen. Dann ließ sie einen starken Schlaftrunk kommen, um den zum Abschied mit ihm zu trinken. Der König tat einen großen Zug, aber sie trank nur wenig. Der Mann fiel bald in einen tiefen Schlaf. Als sie das sah, rief sie einen Diener, nahm ein schönes weißes Leinentuch und schlug den König da hinein. Dann mussten die Diener ihn in einen Wagen vor die Tür tragen und sie fuhr ihn heim in ihr Häuschen. Da legte sie ihren Mann in ihr Bett, und er schlief Tag und Nacht in einem fort, und da er aufwachte, sah er sich um und sagte: »Ach Gott, wo bin ich denn?« Er rief seinen Diener, aber es war keiner da. Endlich trat seine Frau vors Bett und sagte: »Lieber Herr König, Ihr habt mir befohlen, ich sollte das Liebste und Beste aus dem Schloss mitnehmen. Nun hab ich nichts Besseres und Lieberes als dich, da hab ich dich mitgenommen.«

Dem König stiegen die Tränen in die Augen und er sagte: »Liebe Frau, du sollst mein sein und ich dein.« Er nahm sie wieder mit ins königliche Schloss und ließ sich wieder mit ihr vermählen; und sie werden ja wohl noch auf den heutigen Tag leben.

Die drei Männlein im Walde

Es war ein Mann, dem starb seine Frau, und eine Frau, der starb ihr Mann. Und der Mann hatte eine Tochter und die Frau hatte auch eine Tochter. Die Mädchen waren miteinander bekannt und gingen zusammen spazieren und kamen hernach zu der Frau ins Haus.

Da sprach sie zu des Mannes Tochter: »Hör, sag deinem Vater, ich wollt ihn heiraten, dann sollst du jeden Morgen dich in Milch waschen und Wein trinken, meine Tochter aber soll sich in Wasser waschen und Wasser trinken.«

Das Mädchen ging nach Haus und erzählte seinem Vater, was die Frau gesagt hatte. Der Mann sprach: »Was soll ich tun? Das Heiraten ist eine Freude und ist auch eine Qual.« Endlich, weil er keinen Entschluss fassen konnte, zog er seinen Stiefel aus und sagte: »Nimm diesen Stiefel, der hat in der Sohle ein Loch, geh damit auf den Boden, häng ihn an den großen Nagel und gieß dann Wasser hinein. Hält er das Wasser, so will ich wieder eine Frau nehmen, läuft's aber durch, so will ich nicht.«

Das Mädchen tat, wie ihm geheißen war. Aber das Wasser zog das Loch zusammen und der Stiefel wurde voll bis oben hin. Das Mädchen verkündete seinem Vater, wie es ausgefallen war. Da stieg er selbst hinauf, und als er sah, dass es seine Richtigkeit hatte, ging er zu der Witwe, und die Hochzeit ward gehalten.

Am andern Morgen, als die beiden Mädchen aufstanden, da stand vor des Mannes Tochter Milch zum Waschen und Wein zum Trinken, vor der Frau Tochter aber stand Wasser zum Waschen und Wasser zum Trinken. Am zweiten Morgen stand Wasser zum Waschen und Wasser zum Trinken vor des Mannes Tochter genau wie vor der Frau Tochter. Und am dritten Morgen stand Wasser zum Waschen und Wasser zum Trinken vor des Mannes Tochter und Milch zum Waschen und Wein zum Trinken vor der Frau Tochter, und dabei blieb's. Die Frau wurde ihrer Stieftochter spinnefeind und wusste nicht, wie sie es ihr von einem Tag zum andern schlimmer machen sollte. Auch war sie neidisch, weil ihre Stieftochter schön und lieblich war, ihre rechte Tochter aber hässlich und widerlich.

Einmal im Winter, als es steinhart gefroren hatte und Berg und Tal verschneit lagen, machte die Frau ein Kleid von Papier, rief das Mädchen und sprach: »Da, zieh das Kleid an, geh hinaus in den Wald und hol mir ein Körbchen voll Erdbeeren; ich habe Verlangen danach.«

»Du lieber Gott«, sagte das Mädchen, »im Winter wachsen ja keine Erdbeeren, die Erde ist gefroren, und der Schnee hat auch alles zugedeckt. Und warum soll ich in dem Papierkleid gehen? Es ist draußen so kalt, dass einem der Atem friert. Da weht ja der Wind hindurch und die Dornen reißen mir's vom Leib.«

»Willst du mir noch widersprechen?«, sagte die Stiefmutter. »Mach, dass du fortkommst, und lass dich nicht eher wieder sehen, als bis du das Körbchen voll Erdbeeren hast.« Dann gab sie ihm noch ein Stückchen hartes Brot und sprach: »Davon kannst du den Tag über essen«, und dachte, draußen wird's erfrieren und verhungern und mir nimmermehr vor die Augen kommen.

Nun war das Mädchen gehorsam, tat das Papierkleid an und ging mit dem Körbchen hinaus. Da war nichts als Schnee in Weite und Breite und war kein grünes Hälmchen zu merken. Als es in den Wald kam, sah es ein kleines Häuschen, daraus guckten drei kleine Männer. Es wünschte ihnen guten Tag und klopfte bescheiden an die Tür. Sie rie-

fen »Herein«, und es trat in die Stube und setzte sich auf die Bank am Ofen, da wollte es sich wärmen und sein Frühstück essen.

Die Männer sprachen: »Gib uns auch etwas davon.«

»Gerne«, sprach es, teilte sein Stückchen Brot und gab ihnen die Hälfte.

Sie fragten: »Was willst du zur Winterzeit in deinem dünnen Kleidchen hier im Wald?«

»Ach«, antwortete es, »ich soll ein Körbchen voll Erdbeeren suchen und darf nicht eher nach Hause kommen, als bis ich es mitbringe.«

Als es sein Brot gegessen hatte, gaben sie ihm einen Besen und sprachen: »Kehr damit an der Hintertür den Schnee weg.« Wie es aber draußen war, sprachen die drei Männer untereinander: »Was sollen wir ihm schenken, weil es so artig und gut ist und sein Brot mit uns geteilt hat?« Da sagte der erste: »Ich schenke ihm, dass es jeden Tag schöner wird.« Der zweite sprach: »Ich schenke ihm, dass Goldstücke ihm aus dem Mund fallen, sooft es ein Wort spricht.«

Der dritte sprach: »Ich schenk ihm, dass ein König kommt und es zu seiner Gemahlin nimmt.«
Das Mädchen aber tat, wie die Männer gesagt hatten, kehrte mit dem Besen den Schnee hinter dem kleinen Haus weg, und was glaubt ihr wohl, was es gefunden hat? Lauter reife Erdbeeren, die ganz dunkelrot aus dem Schnee hervorkamen. Da raffte es in seiner Freude sein Körbchen voll, dankte den kleinen Männern, gab jedem die Hand und lief nach Haus und wollte der Stiefmutter das Verlangte bringen. Wie es eintrat und »Guten Abend« sagte, fiel ihm gleich ein Goldstück aus dem Mund.
Darauf erzählte es, was ihm im Wald begegnet war, aber bei jedem Wort, das es sprach, fielen ihm die Goldstücke aus dem Mund, sodass bald die ganze Stube damit bedeckt war. »Nun sehe einer den Übermut«, rief die Stiefschwester, »das Geld so hinzuwerfen«, aber heimlich war sie neidisch darüber und wollte auch hinaus in den Wald und Erdbeeren suchen. Die Mutter sprach: »Nein, mein liebes Töchterchen, es ist zu kalt, du könntest mir erfrieren.« Weil es ihr aber keine Ruhe ließ, gab sie endlich nach, nähte ihm einen prächtigen Pelzrock, den es anziehen musste, und gab ihm Butterbrot und Kuchen mit auf den Weg.
Das Mädchen ging in den Wald und gerade auf das kleine Häuschen zu. Die drei kleinen Männlein guckten wieder heraus, aber es grüßte sie nicht. Es stolperte in die Stube hinein, setzte sich an den Ofen und fing an, sein Butterbrot und seinen Kuchen zu essen.
»Gib uns etwas davon«, riefen die Kleinen, aber es antwortete: »Es reicht mir selber nicht, wie kann ich andern noch davon abgeben?« Als es nun fertig war mit dem Essen, sprachen sie: »Da hast du einen Besen, kehr uns draußen vor der Hintertür rein.«
»Ei, kehrt euch selber«, antwortete es, »ich bin eure Magd

nicht.« Als es sah, dass sie ihm nichts schenken wollten, ging es zur Tür hinaus. Da sprachen die kleinen Männer untereinander: »Was sollen wir ihm schenken, weil es so unartig ist und ein böses, neidisches Herz hat, das niemand etwas gönnt?« Der erste sprach: »Ich schenk ihm, dass es jeden Tag hässlicher wird.« Der zweite sprach: »Ich schenk ihm, dass ihm bei jedem Wort, das es spricht, eine Kröte aus dem Mund springt.« Der dritte sprach: »Ich schenk ihm, dass es eines unglücklichen Todes stirbt.«

Das Mädchen suchte draußen nach Erdbeeren, als es aber keine fand, ging es verdrießlich nach Haus. Und wie es den Mund auftat und seiner Mutter erzählen wollte, was ihm im Wald begegnet war, da sprang ihm bei jedem Wort eine Kröte aus dem Mund, sodass alle Abscheu vor ihm bekamen.

Nun ärgerte sich die Stiefmutter noch viel mehr und dachte nur daran, wie sie der Tochter des Mannes alles Herzeleid antun wollte, deren Schönheit alle Tage größer wurde. Endlich nahm sie einen Kessel, setzte ihn aufs Feuer und sott Garn darin. Als es gesotten war, hängte sie es dem armen Mädchen auf die Schulter und gab ihm eine Axt dazu, damit sollte es auf den gefrorenen Fluss gehen, ein Eisloch hauen und das Garn spülen. Es war gehorsam, ging hin und hackte ein Loch in das Eis, und als es mitten im Hacken war, kam ein prächtiger Wagen angefahren, worin der König saß. Der Wagen hielt an, und der König fragte: »Mein Kind, wer bist du und was machst du da?«

»Ich bin ein armes Mädchen und spüle Garn.«

Da fühlte der König Mitleid, und als er sah, wie schön es war, sprach er: »Willst du mit mir fahren?«

»Ach ja, von Herzen gern«, antwortete es, denn es war froh, dass es der Mutter und der Schwester aus den Augen kommen sollte.

Also stieg es in den Wagen und fuhr mit dem König fort, und als sie auf sein Schloss gekommen waren, wurde die Hochzeit mit großer Pracht gefeiert, wie es die kleinen Männlein dem Mädchen geschenkt hatten. Übers Jahr gebar die junge Königin einen Sohn, und als die Stiefmutter von dem großen Glück hörte, so kam sie mit ihrer Tochter in das Schloss und tat, als wollte sie einen Besuch machen. Als aber der König einmal hinausgegangen und sonst niemand zugegen war, packte das böse Weib die Königin am Kopf, und ihre Tochter packte sie an den Füßen, hoben sie aus dem Bett und warfen sie zum Fenster hinaus in den vorbeifließenden Strom. Darauf legte sich ihre hässliche Tochter ins Bett und die Alte deckte sie zu bis über den Kopf. Als der König wieder zurückkam und mit seiner Frau sprechen wollte, rief die Alte: »Still, still, jetzt geht das nicht, sie liegt in starkem Schweiß, Ihr müsst sie heute ruhen lassen.«

Der König dachte nichts Böses dabei und kam erst am andern Morgen wieder, und wie er mit seiner Frau sprach und sie ihm Antwort gab, sprang bei jedem Wort eine Kröte aus ihrem Mund hervor, während sonst ein Goldstück herausgefallen war. Da fragte er, was das wäre, aber die Alte sprach, das hätte sie von dem starken Schweiß gekriegt und würde sich schon wieder verlieren.

In der Nacht aber sah der Küchenjunge, wie eine Ente durch die Gosse geschwommen kam, die sprach:

»König, was machst du?
Schläfst du oder wachst du?«

Und als er keine Antwort gab, sprach sie:

»Was machen meine Gäste?«

Da antwortete der Küchenjunge:

»Sie schlafen feste!«

Fragte sie weiter:

»Was macht mein Kindelein?«

Antwortete er:

»Es schläft in der Wiege fein.«

Da ging sie in der Königin Gestalt hinauf, gab ihm zu trinken, schüttelte ihm sein Bettchen, deckte es zu und schwamm als Ente wieder durch die Gosse fort. So kam sie zwei Nächte, in der dritten sprach sie zu dem Küchenjungen: »Geh und sag dem König, dass er sein Schwert nimmt und auf der Schwelle dreimal über mir schwingt.« Da lief der Küchenjunge und sagte es dem König, der kam mit seinem Schwert und schwang es dreimal über dem Geist, und beim dritten Mal stand seine Gemahlin vor ihm, frisch, lebendig und gesund, wie sie vorher gewesen war.
Nun war der König in großer Freude, er hielt aber die Königin in einer Kammer verborgen bis auf den Sonntag, wo das Kind getauft werden sollte. Und als es getauft war, sprach er: »Was gehört einem Menschen, der den andern aus dem Bett trägt und ins Wasser wirft?«
»Nichts Besseres«, antwortete die Alte, »als dass man den Bösewicht in ein Fass steckt, das mit Nägeln ausgeschlagen ist, und den Berg hinab ins Wasser rollt.«
Da sagte der König: »Du hast dein Urteil gesprochen«, ließ ein solches Fass holen und die Alte mit ihrer Tochter hineinstecken, dann wurde der Boden zugehämmert und das Fass bergab gekullert, bis es in den Fluss rollte.

Däumeling

Es war ein armer Bauersmann, der saß abends beim Herd und schürte das Feuer, und die Frau saß und spann. Da sprach er: »Wie ist's so traurig, dass wir keine Kinder haben! Es ist so still bei uns und in andern Häusern ist's so laut und lustig.«
»Ja«, antwortete die Frau und seufzte, »wenn's nur ein einziges wäre und wenn's auch ganz klein wäre, nur groß wie ein Daumen, so wollte ich schon zufrieden sein; wir hätten's doch von Herzen lieb.«
Nun geschah es, dass die Frau kränklich wurde und nach sieben Monaten ein Kind gebar, das zwar an allen Gliedern vollkommen, aber nicht länger als ein Daumen war. Da sprachen sie: »Es ist, wie wir es gewünscht haben, und es soll unser liebes Kind sein«, und nannten es nach seiner Gestalt *Däumeling*.
Sie ließen's nicht an Nahrung fehlen, aber das Kind wurde nicht größer, sondern blieb, wie es in der ersten Stunde gewesen war. Doch schaute es verständig aus den Augen und zeigte sich bald als ein kluges und behändes Ding, dem alles glückte, was es anfing.
Der Bauer machte sich eines Tages fertig, in den Wald zu gehen und Holz zu fällen. Da sprach er so vor sich hin: »Nun wollt ich, dass einer da wäre, der mir den Wagen nach brächte.«
»Oh Vater«, rief Däumeling, »den Wagen will ich schon bringen, verlasst Euch darauf, er soll zur bestimmten Zeit im Wald sein.«
Da lachte der Mann und sprach: »Wie sollte das zugehen, du bist viel zu klein, um das Pferd am Zügel zu leiten.«
»Das tut nichts, Vater, wenn nur die Mutter anspannen

will, ich setze mich dem Pferd ins Ohr und rufe ihm zu, wie es gehen soll.«
»Nun«, antwortete der Vater, »einmal wollen wir's versuchen.«
Als die Stunde kam, spannte die Mutter an und setzte Däumeling ins Ohr des Pferdes, und dann rief der Kleine, wie das Pferd gehen sollte: »Jüh und joh! Hü und hott!« Da ging es ganz ordentlich wie bei einem Meister und der Wagen fuhr den rechten Weg. Es trug sich zu, als er eben um eine Ecke bog und der Kleine »Hü, hü!« rief, dass zwei fremde Männer daherkamen.
»Was ist das?«, sprach der eine. »Da fährt ein Wagen und ein Fuhrmann ruft dem Pferd zu und ist doch nicht zu sehen.«
»Das geht nicht mit rechten Dingen zu«, sagte der andere, »wir wollen dem Karren folgen und sehen, wo er anhält.«
Der Wagen aber fuhr in den Wald hinein und richtig zu dem Platz, wo das Holz gehauen wurde. Als Däumeling seinen Vater erblickte, rief er ihm zu: »Siehst du, Vater, da bin ich mit dem Wagen, nun hol mich herunter.«
Der Vater fasste das Pferd mit der Linken und holte mit der Rechten aus dem Ohr sein Söhnchen, der sich auf einen Strohhalm niedersetzte. Als die beiden fremden Männer den Däumeling erblickten, wussten sie nicht, was sie vor Verwunderung sagen sollten. Da nahm der eine den andern beiseite und sprach: »Hör, der kleine Kerl könnte unser Glück machen, wenn wir ihn in einer großen Stadt für Geld sehen ließen. Wir wollen ihn kaufen.« Sie gingen zu dem Bauern und sprachen: »Verkauft uns den kleinen Mann, er soll's gut bei uns haben.«
»Nein«, antwortete der Vater, »es ist mein Herzblatt und ist für alles Gold der Welt nicht zu verkaufen!«

Däumeling aber, als er von dem Handel gehört, war an den Rockfalten seines Vaters hinaufgekrochen, stellte sich ihm auf die Schulter und wisperte ihm ins Ohr: »Vater, gib mich nur hin, ich will schon wieder zurückkommen.« Da gab ihn der Vater für ein schönes Stück Geld den beiden Männern.

»Wo willst du sitzen?«, sprachen sie zu ihm.

»Ach, setzt mich nur auf den Rand von eurem Hut, da kann ich auf und ab spazieren und die Gegend betrachten und falle doch nicht herunter.«

Sie taten ihm den Willen, und als Däumeling Abschied von seinem Vater genommen hatte, gingen sie mit ihm fort. Sie gingen, bis es dämmrig wurde, da sprach der Kleine: »Hebt mich einmal herunter, es ist nötig.«

»Bleib nur droben«, sprach der Mann, auf dessen Kopf er saß, »ich will mir nichts draus machen, die Vögel lassen mir auch manchmal was drauffallen.«

»Nein«, sprach Däumeling, »ich weiß, was sich schickt. Hebt mich nur geschwind herab.«

Der Mann nahm den Hut ab und setzte den Kleinen auf einen Acker am Weg, da sprang und kroch er ein wenig zwischen den Schollen hin und her, dann schlüpfte er plötzlich in ein Mausloch, das er sich ausgesucht hatte. »Guten Abend, ihr Herren, geht nur ohne mich heim«, rief er ihnen zu und lachte sie aus. Sie liefen herbei und stachen mit Stöcken in das Mausloch, aber das war vergebliche Mühe: Däumeling kroch immer weiter zurück, und da es bald ganz dunkel wurde, mussten sie mit Ärger und mit leerem Beutel heimwandern. Als Däumeling merkte, dass sie fort waren, kroch er aus dem unterirdischen Gang wieder hervor. »Es ist zu gefährlich, auf dem Acker in der Finsternis zu gehen«, sprach er, »wie leicht bricht einer Hals und Bein.« Zum Glück stieß er an ein leeres Schneckenhaus. »Gottlob«,

sagte er, »da kann ich die Nacht sicher zubringen«, und setzte sich hinein.
Nicht lang, als er eben einschlafen wollte, hörte er zwei Männer vorübergehen, davon sprach der eine: »Wie fangen wir's nur an, um dem reichen Pfarrer sein Geld und sein Silber zu holen?«
»Das könnte ich dir sagen«, rief Däumeling dazwischen.
»Was war das?«, sprach der eine Dieb erschrocken. »Ich hörte jemand sprechen.«
Sie blieben stehen und horchten, da sprach Däumeling wieder: »Nehmt mich mit, so will ich euch helfen.«
»Wo bist du denn?«
»Sucht nur auf der Erde und merkt, wo die Stimme herkommt«, antwortete er.
Da fanden ihn endlich die Diebe und hoben ihn in die Höhe. »Du kleiner Wicht, was willst du uns helfen?«, sprachen sie.
»Seht«, antwortete er, »ich krieche zwischen den Eisenstäben in die Kammer des Pfarrers und reiche euch heraus, was ihr haben wollt.«
»Wohlan«, sagten sie, »wir wollen sehen, was du kannst.«
Als sie zum Pfarrhaus kamen, kroch Däumeling in die Kammer, schrie aber gleich aus Leibeskräften: »Wollt ihr alles haben, was hier ist?« Die Diebe erschraken und sagten: »So sprich doch leise, damit niemand aufwacht.«
Aber Däumeling tat, als hätte er sie nicht verstanden, und schrie von Neuem: »Was wollt ihr? Wollt ihr alles haben, was hier ist?«
Das hörte die Magd, die in der Stube nebenan schlief, richtete sich im Bett auf und horchte. Die Diebe aber waren vor Schreck ein Stück weggelaufen, endlich fassten sie wieder Mut und dachten: Der kleine Kerl will uns necken. Sie

kamen zurück und flüsterten ihm zu: »Nun mach Ernst und reich uns etwas heraus.«
Da schrie Däumeling noch einmal, so laut er konnte: »Ich will euch alles geben, reicht nur die Hände herein.«
Das hörte die horchende Magd ganz deutlich, sprang aus dem Bett und stolperte zur Tür herein. Die Diebe liefen fort und rannten, als wäre der wilde Jäger hinter ihnen; die Magd aber ging ein Licht anzünden, weil sie nichts sehen konnte. Als sie damit herbeikam, machte sich Däumeling, ohne dass er gesehen wurde, hinaus in die Scheune. Die Magd aber, nachdem sie alle Winkel durchgesucht und nichts gefunden hatte, legte sich endlich wieder zu Bett und glaubte, sie hätte mit offenen Augen und Ohren doch nur geträumt.
Däumeling war in den Heuhälmchen herumgeklettert und hatte einen schönen Platz zum Schlafen gefunden. Da wollte er sich ausruhen, bis es Tag wäre, und dann wieder heimgehen zu seinen Eltern. Aber er musste andere Dinge erfahren! Ja, es gibt viel Trübsal und Not auf der Welt! Als der Tag graute, stieg die Magd schon aus dem Bett, um das Vieh zu füttern. Ihr erster Gang war in die Scheune, wo sie einen Armvoll Heu packte, und gerade das, worin der arme Däumeling lag und schlief. Er schlief aber so fest, dass er nichts gewahr wurde und nicht eher aufwachte, als bis er in dem Maul der Kuh war, die ihn mit dem Heu aufgerafft hatte. »Ach Gott«, rief er, »wie bin ich in die Walkmühle geraten!«, merkte aber bald, wo er war. Da hieß es aufpassen, dass er nicht zermalmt wurde, und dann musste er doch mit in den Magen abrutschen. »In dem Stübchen sind die Fenster vergessen«, sprach er, »und scheint keine Sonne hinein. Ein Licht wird auch nicht gebracht.« Überhaupt gefiel ihm das Quartier schlecht, und was das Schlimmste war, es kam immer mehr neues Heu zur Tür herein, und der

Platz wurde immer enger. Da rief er endlich in der Angst, so laut er konnte: »Bringt mir kein frisch Futter mehr, bringt mir kein frisch Futter mehr.«
Die Magd molk gerade die Kuh, und als sie sprechen hörte, ohne jemand zu sehen, und weil es dieselbe Stimme war, die sie auch in der Nacht gehört hatte, erschrak sie so, dass sie von ihrem Stühlchen herabrutschte und die Milch verschüttete. Sie lief in der größten Hast zu ihrem Herrn und rief: »Ach Gott, Herr Pfarrer, die Kuh hat geredet.«
»Du bist verrückt«, antwortete der Pfarrer, ging aber doch selbst in den Stall und wollte nachsehen, was es da gäbe. Kaum aber hatte er den Fuß hineingesetzt, so rief Däumeling aufs Neue: »Bringt mir kein frisch Futter mehr, bringt mir kein frisch Futter mehr.« Da erschrak der Pfarrer selbst, meinte, es wäre ein böser Geist in die Kuh gefahren, und ließ sie töten. Sie wurde geschlachtet, der Magen aber, worin Däumeling steckte, auf den Mist geworfen.
Däumeling hatte große Mühe, sich hindurchzuarbeiten, doch brachte er's so weit, dass er Platz bekam, aber als er eben sein Haupt herausstrecken wollte, kam ein neues Unglück. Ein hungriger Wolf lief heran und verschlang den ganzen Magen mit einem Schluck. Däumeling verlor den Mut nicht. Vielleicht, dachte er, lässt der Wolf mit sich reden, und rief ihm aus dem Wanst zu: »Lieber Wolf, ich weiß einen herrlichen Fraß.«
»Wo ist der zu holen?«, sprach der Wolf.
»In dem und dem Haus, da musst du durch die Gosse hineinkriechen und wirst Kuchen, Speck und Wurst finden, soviel du essen willst.« Er beschrieb ihm genau seines Vaters Haus. Der Wolf ließ sich das nicht zweimal sagen, drängte sich in der Nacht zur Gosse hinein und fraß in der Vorratskammer nach Herzenslust. Als er sich gesättigt hatte, wollte er wieder fort, aber er war so dick geworden, dass er

denselben Weg nicht hinauskonnte. Damit hatte Däumeling gerechnet und fing nun an, in dem Leib des Wolfes einen gewaltigen Lärm zu machen. Er tobte und schrie, was er konnte.
»Willst du still sein«, sprach der Wolf, »du weckst die Leute auf.«
»Ei was«, antwortete der Kleine, »du hast dich satt gefressen, ich will auch Spaß haben«, und fing von Neuem an, aus allen Kräften zu schreien.
Davon erwachten endlich sein Vater und seine Mutter, liefen in die Kammer und schauten durch die Spalte hinein. Als sie sahen, dass ein Wolf darin hauste, liefen sie davon, und der Mann holte die Axt und die Frau die Sense. »Bleib dahinten«, sprach der Mann, als sie in die Kammer traten, »wenn ich ihm einen Schlag gegeben habe und er davon noch nicht tot ist, so musst du auf ihn einhauen und ihm den Leib zerschneiden.«
Da hörte Däumeling die Stimme seines Vaters und rief: »Lieber Vater, ich bin hier, ich stecke im Leib des Wolfes.« Sprach der Vater voll Freuden: »Gottlob, unser liebes Kind hat sich wieder gefunden«, und hieß die Frau die Sense wegtun, damit Däumeling nicht beschädigt würde. Danach holte er aus und schlug dem Wolf einen Schlag auf den Kopf, dass er tot niederstürzte. Dann suchten sie Messer und Schere, schnitten ihm den Leib auf und zogen den Kleinen wieder hervor.
»Ach«, sprach der Vater, »was haben wir für Sorge um dich ausgestanden!«
»Ja, Vater, ich bin viel in der Welt herumgekommen; gottlob, dass ich wieder frische Luft schöpfe!«
»Wo bist du denn überall gewesen?«
»Ach, Vater, ich war in einem Mauseloch, in einer Kuh Bauch und in eines Wolfes Wanst. Nun bleib ich bei euch.«

»Und wir verkaufen dich für alle Reichtümer der Welt nicht wieder«, sprachen die Eltern, herzten und küssten ihren lieben Däumeling. Sie gaben ihm zu essen und trinken und ließen ihm neue Kleider machen, denn die seinigen waren ihm auf der Reise verdorben.

Simeliberg

Es waren zwei Brüder, einer war reich, der andere arm. Der reiche aber gab dem armen nichts, und er musste sich vom Kornhandel kümmerlich ernähren; da ging es ihm oft so schlecht, dass er für seine Frau und Kinder kein Brot hatte. Einmal fuhr er mit seinem Karren durch den Wald, da erblickte er einen großen kahlen Berg, und weil er den noch nie gesehen hatte, hielt er still und betrachtete ihn mit Verwunderung. Wie er so stand, sah er zwölf wilde große Männer daherkommen. Weil er nun glaubte, das wären Räuber, schob er seinen Karren ins Gebüsch und stieg auf einen Baum und wartete, was da geschehen würde. Die zwölf Männer gingen aber vor den Berg und riefen: »Berg *Semsi*, Berg *Semsi*, tu dich auf.« Alsbald tat sich der kahle Berg in der Mitte voneinander, und die zwölf gingen hinein, und wie sie drin waren, schloss er sich zu. Nach einer Weile aber tat er sich wieder auf, und die Männer kamen heraus und trugen schwere Säcke auf dem Rücken, und als sie alle wieder am Tageslicht waren, sprachen sie: »Berg *Semsi*, Berg *Semsi*, tu dich zu.« Da fuhr der Berg zusammen und war kein Eingang mehr an ihm zu sehen, und die zwölf gingen fort.

Als sie ihm nun ganz aus den Augen waren, stieg der Arme vom Baum herunter und war neugierig, was wohl im Berge Heimliches verborgen wäre. Also ging er hin und sprach: »Berg *Semsi*, Berg *Semsi*, tu dich auf«, und der Berg tat sich auch vor ihm auf. Da trat er hinein, und der ganze Berg war eine Höhle voll Silber und Gold, und hinten lagen große Haufen Perlen und blitzende Edelsteine, wie Korn aufgeschüttet. Der Arme wusste gar nicht, was er anfangen sollte und ob er sich etwas von den Schätzen nehmen dürfte; endlich füllte er sich die Taschen mit Gold, die Perlen und Edelsteine aber ließ er liegen. Als er wieder herauskam, sprach er gleichfalls: »Berg *Semsi*, Berg *Semsi*, tu dich zu«, da schloss sich der Berg, und er fuhr mit seinem Karren nach Haus. Nun brauchte er nicht mehr zu sorgen und konnte mit seinem Gold für Frau und Kind Brot und auch Wein dazu kaufen, lebte fröhlich und redlich, gab den Armen und tat jedermann Gutes. Als aber das Geld zu Ende war, ging er zu seinem Bruder, lieh einen Scheffel und holte sich von Neuem; doch rührte er von den großen Schätzen nichts an. Als er sich zum dritten Mal etwas holen wollte, borgte er bei seinem Bruder abermals den Scheffel.

Der Reiche aber war schon lange neidisch über das Vermögen und den schönen Haushalt des Armen, den er sich eingerichtet hatte, und konnte nicht begreifen, woher der Reichtum käme und was sein Bruder mit dem Scheffel anfinge. Da dachte er sich eine List aus und bestrich den Boden mit Pech, und als er das Maß zurückbekam, so war ein Goldstück daran hängen geblieben. Alsbald ging er zu seinem Bruder und fragte ihn: »Was hast du mit dem Scheffel gemessen?«

»Korn und Gerste«, sagte der andere.

Da zeigte er ihm das Goldstück und drohte ihm, wenn er nicht die Wahrheit sagte, so wolle er ihn beim Gericht verklagen. Er erzählte ihm nun alles, wie es zugegangen war. Der Reiche aber ließ gleich einen Wagen anspannen, fuhr hinaus, wollte die Gelegenheit besser nutzen und ganz andere Schätze mitbringen. Als er vor den Berg kam, rief er: »Berg *Semsi*, Berg *Semsi*, tu dich auf.« Der Berg tat sich auf und er ging hinein. Da lagen die Reichtümer alle vor ihm, und er wusste lange nicht, wonach er zuerst greifen sollte, endlich lud er Edelsteine auf, soviel er tragen konnte. Er wollte seine Last hinausbringen, weil aber Herz und Sinn ganz voll von den Schätzen waren, hatte er darüber den

Namen des Berges vergessen und rief: »Berg *Simeli*, Berg *Simeli*, tu dich auf.« Aber das war der rechte Name nicht, und der Berg regte sich nicht und blieb verschlossen. Da wurde ihm angst, aber je länger er nachsann, desto mehr verwirrten sich seine Gedanken, und alle Schätze halfen ihm nichts mehr.

Am Abend tat sich der Berg auf, und die zwölf Räuber kamen herein, und als sie ihn sahen, lachten sie und riefen: »Vogel, haben wir dich endlich, meinst du, wir hätten's nicht gemerkt, dass du zweimal hereingekommen bist, aber wir konnten dich nicht fangen, zum dritten Mal sollst du nicht wieder heraus.«

Da rief er: »Ich war's nicht, mein Bruder war's!« Aber er mochte bitten um sein Leben und sagen, was er wollte, sie schlugen ihm das Haupt ab.

Doktor Allwissend

Es war einmal ein armer Bauer, der hieß Krebs. Er fuhr mit zwei Ochsen ein Fuder Holz in die Stadt und verkaufte es für zwei Taler an einen Doktor. Als ihm nun das Geld ausbezahlt wurde, saß der Doktor gerade zu Tisch.
Da sah der Bauer, wie er schön aß und trank, und er wäre auch gerne Doktor gewesen. Also blieb er noch ein Weilchen stehen und fragte, ob er nicht auch Doktor werden könne.
»Oh ja«, sagte der Doktor, »das ist bald geschehen.«
»Was muss ich tun?«, fragte der Bauer.
»Erst kauf dir ein Abc-Buch, so eins, wo vorn ein Gockelhahn drin ist. Zweitens mach deinen Wagen und deine Ochsen zu Geld und schaff dir damit Kleider an und was sonst zur Doktorei gehört. Drittens lass dir ein Schild machen mit den Worten: Ich bin der Doktor Allwissend, und lass das oben über deine Haustür nageln.«
Der Bauer tat alles, wie's ihm geraten worden war. Als er nun ein wenig gedoktert hatte, wurde einem reichen großen Herrn Geld gestohlen. Diesem Mann wurde von dem Doktor Allwissend erzählt, der in dem und dem Dorf wohnte und auch wissen müsste, wo das Geld hingekommen wäre. So ließ der Herr seinen Wagen anspannen, fuhr hinaus ins Dorf und fragte ihn, ob er der Doktor Allwissend sei.
»Ja, der bin ich.«
»So geh mit und beschaff mir das gestohlene Geld wieder.«
»Oh ja, aber die Grete, meine Frau, muss auch mit.«
Der Herr war damit einverstanden und sie fuhren zusammen fort. Als sie auf den adligen Hof kamen, war der Tisch gedeckt. Da sollte Doktor Allwissend erst mitessen. »Ja,

aber meine Frau, die Grete, auch«, sagte er und setzte sich mit ihr an den Tisch.
Als nun der erste Diener mit einer Schüssel schönem Essen kam, stieß der Bauer seine Frau an und sagte: »Grete, das war der Erste.«
Er meinte damit, er sei derjenige, welcher das Essen brächte. Der Diener aber meinte, er hätte damit sagen wollen: Das ist der erste Dieb. Und weil er's nun wirklich war, wurde ihm angst, und er sagte draußen zu seinen Kameraden: »Der Doktor weiß alles, wir sind übel dran. Er hat gesagt, ich sei der Erste.«
Der Zweite wollte gar nicht hinein, er musste aber doch. Als er nun mit seiner Schüssel hereinkam, stieß der Bauer seine Frau an: »Grete, das ist der Zweite.«
Dem Diener wurde ebenfalls angst, und er machte, dass er hinauskam.
Dem Dritten ging's nicht besser, der Bauer sagte wieder: »Grete, das ist der Dritte.«
Der Vierte musste eine verdeckte Schüssel hereintragen. Der Herr sprach zum Doktor, er solle seine Kunst zeigen und raten, was darunter läge. Es waren Krebse. Der Bauer sah die Schüssel an, wusste nicht, wie er sich helfen sollte, und sprach: »Ach, ich armer Krebs!« Als der Herr das hörte, rief er: »Da, er weiß es! Nun weiß er auch, wer das Geld hat.«
Dem Diener aber wurde gewaltig angst, und er blinzelte dem Doktor zu, er möchte einmal herauskommen. Als er nun hinauskam, gestanden sie ihm alle vier, dass sie das Geld gestohlen hätten. Sie wollten's ja gerne herausgeben und ihm eine hohe Summe dazu, wenn er sie nicht verraten wollte. Es ginge ihnen sonst an den Kragen. Sie führten ihn auch dahin, wo das Geld versteckt lag.
Damit war der Doktor zufrieden, ging wieder hinein, setzte

sich an den Tisch und sprach: »Herr, nun will ich in meinem Buch suchen, wo das Geld steckt.«
Der fünfte Diener aber kroch in den Ofen und wollte hören, ob der Doktor noch mehr wüsste. Der schlug aber sein Abc-Buch auf, blätterte hin und her und suchte den Gockelhahn. Weil er ihn nicht gleich finden konnte, sprach er: »Du bist doch darin und musst auch heraus.«
Da glaubte der Mann im Ofen, er wäre gemeint, sprang voller Schrecken heraus und rief: »Der Mann weiß alles.«
Nun zeigte der Doktor Allwissend dem Herrn, wo das Geld lag, sagte aber nicht, wer's gestohlen hatte, bekam von beiden Seiten viel Geld zur Belohnung und wurde ein berühmter Mann.

Schneewittchen

Es war einmal mitten im Winter und die Schneeflocken fielen wie Federn vom Himmel herab. Da saß eine Königin an einem Fenster, das einen Rahmen von schwarzem Ebenholz hatte, und nähte. Und wie sie so nähte und nach dem Schnee sah, stach sie sich mit der Nadel in den Finger, und es fielen drei Blutstropfen in den Schnee. Und weil das Rote im weißen Schnee so schön aussah, dachte sie: Hätte ich doch ein Kind so weiß wie Schnee, so rot wie Blut und so schwarz wie das Holz des Rahmens!
Bald darauf bekam sie ein Töchterchen, das war so weiß wie Schnee, so rot wie Blut und sein Haar war so schwarz wie Ebenholz. Es wurde darum Schneewittchen genannt. Als das Kind geboren war, starb die Königin.
Nach einem Jahr nahm der König eine andere Gemahlin. Es war eine schöne Frau, aber sie war stolz und hochmütig, und sie konnte nicht leiden, dass sie an Schönheit von jemandem sollte übertroffen werden. Sie hatte einen wunderbaren Spiegel. Wenn sie vor den hintrat und sich darin beschaute, sprach sie:

»Spieglein, Spieglein an der Wand,
wer ist die Schönste im ganzen Land?«

Darauf antwortete der Spiegel:

»Frau Königin, Ihr seid die Schönste im Land.«

Da war sie zufrieden, denn sie wusste, dass der Spiegel die Wahrheit sagte.
Schneewittchen aber wuchs heran und wurde immer schöner. Als es sieben Jahre alt war, war es so schön wie der klare Tag und schöner als selbst die Königin.

Als diese einmal ihren Spiegel fragte:

»Spieglein, Spieglein an der Wand,
wer ist die Schönste im ganzen Land?«,

so antwortete er:

»Frau Königin, Ihr seid die Schönste hier,
aber Schneewittchen ist tausendmal schöner als Ihr.«

Da erschrak die Königin und wurde gelb und grün vor Neid. Von Stund an, wenn sie Schneewittchen erblickte, kehrte sich ihr das Herz im Leibe herum, so hasste sie das Mädchen. Neid und Hochmut wuchsen wie Unkraut in ihrem Herzen immer höher, sodass sie Tag und Nacht keine Ruhe mehr hatte. Da rief sie eines Tages einen Jäger herbei und sprach: »Bring das Kind hinaus in den Wald, ich will es nicht mehr vor meinen Augen sehen. Du sollst es töten und mir Lunge und Leber als Beweis mitbringen.«
Der Jäger gehorchte und führte Schneewittchen hinaus, als er aber den Hirschfänger zog und Schneewittchens unschuldiges Herz durchbohren wollte, fing es an zu weinen und sprach: »Ach, lieber Jäger, lass mir mein Leben! Ich will in den wilden Wald laufen und nie wieder heimkommen!«
Weil es so schön war, hatte der Jäger Mitleid und sprach: »So lauf hin, du armes Kind!« Die wilden Tiere werden es bald gefressen haben, dachte er, und doch war's ihm, als wäre ein Stein von seinem Herzen gefallen, weil er es nicht zu töten brauchte. Als gerade ein junger Frischling dahergesprungen kam, stach er ihn ab, nahm Lunge und Leber und brachte sie der Königin als Beweis mit. Der Koch musste sie in Salz kochen, und das boshafte Weib aß sie auf und meinte, sie hätte Schneewittchens Lunge und Leber gegessen.
Nun war das arme Kind in dem großen Wald muttersee-

lenallein. Es wurde ihm so angst, dass es nicht wusste, wie es sich helfen sollte. Da fing es an zu laufen und lief über die spitzen Steine und durch die Dornen. Die wilden Tiere sprangen an ihm vorbei, aber sie taten ihm nichts. Es lief, solange die Füße noch fortkonnten und bis es bald Abend werden wollte.

Da sah es ein kleines Häuschen und ging hinein um sich auszuruhen. In dem Häuschen war alles klein, aber so zierlich und reinlich, dass es nicht zu sagen ist. Da stand ein weiß gedecktes Tischlein mit sieben kleinen Tellern, jedes Tellerlein mit seinem Löffelein, ferner sieben Messerlein und Gäblein und sieben Becherlein. An der Wand waren sieben Bettlein nebeneinander aufgestellt und schneeweiße Laken darüber gedeckt.

Weil Schneewittchen so hungrig und durstig war, aß es von jedem Tellerlein ein wenig Gemüse und Brot und trank aus jedem Becherlein einen Tropfen Wein, denn es wollte nicht einem allein alles wegnehmen. Dann wollte es sich in ein Bettchen legen, weil es so müde war. Aber keines passte. Das eine war zu lang, das andere zu kurz, bis endlich das siebente recht war. Darin blieb es liegen, befahl sich Gott und schlief ein.

Als es ganz dunkel geworden war, kamen die Herren des Häuschens heim. Das waren die sieben Zwerge, die in den Bergen nach Erz gruben. Sie zündeten ihre sieben Lichtlein an, und als es nun hell im Häuschen wurde, sahen sie, dass jemand darin gewesen war, denn es stand nicht alles so in der Ordnung, wie sie es verlassen hatten.

Der erste sprach:

»Wer hat auf meinem Stühlchen gesessen?«

Der zweite:

»Wer hat von meinem Tellerchen gegessen?«

Der dritte:

»Wer hat von meinem Brötchen genommen?«
Der vierte:
»Wer hat von meinem Gemüschen gegessen?«
Der fünfte:
»Wer hat mit meinem Gäbelchen gestochen?«
Der sechste:
»Wer hat mit meinem Messerchen geschnitten?«
Der siebente:
»Wer hat aus meinem Becherlein getrunken?«
Dann blickte sich der erste um und sah, dass auf seinem Bettchen eine kleine Delle war. Da sprach er: »Wer hat in mein Bettchen getreten?« Die anderen kamen gelaufen und riefen: »In meinem hat auch jemand gelegen!«
Als aber der siebente in sein Bettchen sah, erblickte er Schneewittchen, das lag darin und schlief. Nun rief er die anderen. Sie kamen herbeigelaufen, schrien vor Verwunderung, holten ihre sieben Lichtlein und beleuchteten Schneewittchen. »Ei, du mein Gott! Ei, du mein Gott!«, riefen sie. »Was ist das für ein schönes Kind!«
Ihre Freude war so groß, dass sie Schneewittchen nicht aufweckten, sondern im Bettlein fortschlafen ließen. Der siebente Zwerg aber schlief bei seinen Gesellen, bei jedem eine Stunde, da war die Nacht herum.
Als es Morgen war, erwachte Schneewittchen, und als es die sieben Zwerge sah, erschrak es. Sie waren aber freundlich und sagten: »Wie heißt du?«
»Ich heiße Schneewittchen«, antwortete es.
»Wie bist du in unser Haus gekommen?«, fragten die Zwerge. Da erzählte Schneewittchen, dass die böse Königin es töten lassen wollte. Der Jäger hätte ihm aber das Leben geschenkt, und da wäre es gelaufen den ganzen Tag, bis es endlich dieses Häuschen gefunden hätte.
Die Zwerge sprachen: »Willst du unseren Haushalt führen,

kochen, aufbetten, waschen, nähen, stricken, und willst du alles ordentlich und rein halten, so kannst du bei uns bleiben. Es soll dir an nichts fehlen.«
»Ja«, sagte Schneewittchen, »von Herzen gern«, und blieb bei den Zwergen. Es hielt ihnen das Haus in Ordnung. Morgens gingen die Zwerge in die Berge und suchten Erz und Gold, abends kamen sie wieder, da musste ihr Essen bereit sein. Den Tag über war das Mädchen allein. Da warnten es die guten Zwerglein und sprachen: »Hüte dich vor deiner Stiefmutter. Die wird bald wissen, dass du hier bist. Lass ja niemanden herein!«
Die Königin aber dachte, sie wäre nun wieder die Allerschönste, trat vor den Spiegel und sprach:

»Spieglein, Spieglein an der Wand,
wer ist die Schönste im ganzen Land?«

Da antwortete der Spiegel:

»Frau Königin, Ihr seid die Schönste hier,
aber Schneewittchen über den Bergen
bei den sieben Zwergen
ist noch tausendmal schöner als Ihr!«

Da erschrak sie, denn sie wusste, dass der Spiegel keine Unwahrheit sprach. Sie merkte, dass der Jäger sie betrogen hatte und dass Schneewittchen noch am Leben war. Da sann und sann sie aufs Neue, wie sie es umbringen könnte. Denn solange sie nicht die Schönste im ganzen Land war, ließ ihr der Neid keine Ruhe.
Als sie sich endlich etwas ausgedacht hatte, färbte sie sich das Gesicht, kleidete sich wie eine alte Krämerin und war ganz unkenntlich. In dieser Gestalt ging sie über die sieben Berge zu den sieben Zwergen, klopfte an die Tür und rief: »Schöne Ware! Schöne Ware!«

Schneewittchen guckte zum Fenster heraus und rief: »Guten Tag, liebe Frau, was habt ihr zu verkaufen?«
»Gute Ware, schöne Ware«, antwortete die Krämerin, »Schnürbänder von allen Farben.« Und sie holte eines hervor, das aus bunter Seide geflochten war.
Die ehrliche Frau kann ich hereinlassen, dachte Schneewittchen, riegelte die Tür auf und kaufte sich das hübsche Schnürband.
»Kind«, sprach die Alte, »wie du aussiehst! Komm, ich will dir das Leibchen einmal ordentlich schnüren.«
Schneewittchen dachte an nichts Böses, stellte sich vor die Frau hin und ließ sich mit dem neuen Seidenband schnüren. Aber die Alte schnürte geschwind und schnürte so fest, dass dem Schneewittchen der Atem verging und es wie tot hinfiel.

»Nun bist du die Schönste gewesen«, sprach die böse Königin und eilte hinaus.
Nicht lange darauf, zur Abendzeit, kamen die sieben Zwerge nach Hause. Aber wie erschraken sie, als sie ihr liebes Schneewittchen auf der Erde liegen sahen! Es regte und bewegte sich nicht, als wäre es tot. Sie hoben es in die Höhe, und weil sie sahen, dass es zu fest geschnürt war, schnitten sie das Schnürband entzwei. Da fing Schneewittchen an, ein wenig zu atmen, und wurde nach und nach wieder lebendig. Als die Zwerge hörten, was geschehen war, sprachen sie: »Die alte Krämersfrau war niemand anderer als die böse Königin! Hüte dich, und lass keinen Menschen herein, wenn wir nicht bei dir sind!«

Das böse Weib aber trat zu Hause wieder vor den Spiegel und fragte:

»Spieglein, Spieglein an der Wand,
wer ist die Schönste im ganzen Land?«

Da antwortete der Spiegel wie sonst:

»Frau Königin, Ihr seid die Schönste hier,
aber Schneewittchen über den Bergen
bei den sieben Zwergen
ist noch tausendmal schöner als Ihr.«

Als die Königin das hörte, lief ihr alles Blut zum Herzen, so erschrak sie, denn sie sah wohl, dass Schneewittchen wieder lebendig geworden war. »Nun aber«, sprach sie, »will ich etwas aussinnen, das dich zugrunde richten soll!«
Und mit Hexenkünsten, die sie verstand, machte sie einen giftigen Kamm. Dann verkleidete sie sich und nahm die Gestalt eines anderen alten Weibes an. So ging sie hin über die sieben Berge zu den sieben Zwergen, klopfte an die Tür und rief: »Gute Ware! Gute Ware!«
Schneewittchen schaute heraus und sprach: »Geht nur weiter, ich darf niemanden hereinlassen.«
»Das Ansehen wird dir doch erlaubt sein«, sprach die Alte, zog den giftigen Kamm heraus und hielt ihn in die Höhe. Da gefiel er dem Kind so gut, dass es sich betören ließ und die Tür öffnete. Als sie sich über den Kauf geeinigt hatten, sprach die Alte: »Nun will ich dich einmal ordentlich kämmen.« Das arme Schneewittchen dachte an nichts Böses und ließ die Alte gewähren. Aber kaum hatte sie den Kamm in die Haare gesteckt, als das Gift darin wirkte und das Mädchen ohne Besinnung niederfiel. »Du Ausbund von Schönheit«, sprach das boshafte Weib, »jetzt ist's um dich geschehen« – und ging fort.

Zum Glück aber war es bald Abend und die sieben Zwerglein kamen nach Hause. Als sie Schneewittchen wie tot auf der Erde liegen sahen, hatten sie gleich die böse Königin in Verdacht, suchten nach und fanden den giftigen Kamm. Kaum hatten sie ihn herausgezogen, so kam Schneewittchen wieder zu sich und erzählte, was vorgegangen war. Da warnten es die Zwerge noch einmal, auf der Hut zu sein und niemandem die Tür zu öffnen.
Die Königin stellte sich daheim wieder vor den Spiegel und sprach:

»Spieglein, Spieglein an der Wand,
wer ist die Schönste im ganzen Land?«

Da antwortete der Spiegel wie vorher:

»Frau Königin, Ihr seid die Schönste hier,
aber Schneewittchen über den Bergen
bei den sieben Zwergen
ist noch tausendmal schöner als Ihr.«

Als sie den Spiegel so reden hörte, zitterte und bebte sie vor Zorn. »Schneewittchen soll sterben«, rief sie, »und wenn es mein eigenes Leben kostet!«
Darauf ging sie in eine ganz verborgene, einsame Kammer, wo niemand hinkam, und machte da einen giftigen Apfel. Äußerlich sah er schön aus, weiß mit roten Backen, dass jeder, der ihn erblickte, Lust danach bekam. Wer aber ein Stück davon aß, der musste sterben. Als der Apfel fertig war, färbte sie sich das Gesicht und verkleidete sich in eine Bauersfrau. So ging sie über die sieben Berge zu den sieben Zwergen. Sie klopfte an, Schneewittchen streckte den Kopf zum Fenster heraus und sprach: »Ich darf keinen Menschen hereinlassen, die sieben Zwerge haben's mir verboten!«
»Mir auch recht«, antwortete die Bäuerin, »meine Äpfel werde ich schon loswerden. Da, den will ich dir schenken.«

»Nein«, sprach Schneewittchen, »ich darf nichts annehmen.«
»Fürchtest du dich vor Gift?«, sprach die Alte. »Siehst du, ich schneide den Apfel in zwei Teile. Die rote Hälfte isst du, die weiße will ich essen.«
Der Apfel war aber so kunstvoll gemacht, dass die rote Hälfte allein vergiftet war. Schneewittchen blickte den schönen Apfel begehrlich an, und als es sah, dass die Bäuerin davon aß, konnte es auch nicht länger widerstehen, streckte die Hand hinaus und nahm die giftige Hälfte. Kaum aber hatte es einen Bissen davon im Mund, fiel es tot zur Erde. Da betrachtete es die Königin mit grausigen Blicken, lachte überlaut und sprach: »Weiß wie Schnee, rot wie Blut, schwarz wie Ebenholz! Diesmal können dich die Zwerge nicht wieder erwecken!«
Und als sie daheim den Spiegel befragte:

»Spieglein, Spieglein an der Wand,
wer ist die Schönste im ganzen Land?«,

da antwortete der Spiegel endlich:

»Frau Königin, Ihr seid die Schönste im Land.«

Da hatte ihr neidisches Herz Ruhe, so gut ein neidisches Herz Ruhe haben kann.
Als die Zwerglein abends nach Hause kamen, fanden sie Schneewittchen auf der Erde liegen, und es ging kein Atem mehr aus seinem Mund, es war tot. Sie hoben es auf, suchten, ob sie etwas Giftiges fänden, schnürten sein Leibchen auf, kämmten ihm die Haare, wuschen es mit Wasser und Wein, aber es half alles nichts: Das liebe Kind war tot und blieb tot. Da legten sie es auf eine Bahre, setzten sich alle sieben daran und weinten drei Tage lang.
Dann wollten sie es begraben. Aber es sah noch so frisch

aus wie ein lebendiger Mensch und hatte noch seine schönen roten Backen. Sie sprachen: »Wir können Schneewittchen nicht in die schwarze Erde versenken«, und ließen einen durchsichtigen Sarg aus Glas machen, damit man es von allen Seiten sehen konnte. Da legten sie es hinein und schrieben mit goldenen Buchstaben seinen Namen darauf und dass es eine Königstochter wäre.
Dann trugen sie den Sarg hinaus auf den Berg und einer von ihnen blieb immer dabei und bewachte ihn. Und auch die Tiere kamen und beweinten Schneewittchen, erst eine Eule, dann ein Rabe, zuletzt ein Täubchen.
Nun lag Schneewittchen lange, lange Zeit in dem Sarg und verweste nicht, sondern sah aus, als wenn es schliefe, denn es war noch so weiß wie Schnee, so rot wie Blut und so schwarzhaarig wie Ebenholz. Es geschah aber, dass ein Königssohn in den Wald geriet und zu dem Zwergenhaus kam, um da zu übernachten. Er sah auf dem Berg den Sarg und das schöne Schneewittchen darin und las, was mit goldenen Buchstaben darauf geschrieben war. Da sprach er zu den Zwergen: »Lasst mir den Sarg, ich will euch dafür geben, was ihr haben wollt.«
Aber die Zwerge antworteten: »Wir geben ihn nicht her um alles Gold in der Welt!«
Da sprach der Prinz: »So schenkt ihn mir, denn ich kann nicht mehr leben, ohne Schneewittchen zu sehen, ich will es ehren und hoch achten wie mein Liebstes.«
Als er so sprach, empfanden die guten Zwerge Mitleid mit ihm und gaben ihm den Sarg. Der Königssohn ließ ihn nun von seinen Dienern auf den Schultern forttragen. Da geschah es, dass sie über einen Strauch stolperten, und von dem Schütteln fuhr das giftige Apfelstückchen, das Schneewittchen abgebissen hatte, aus dem Hals. Und nicht lange, so öffnete Schneewittchen die Augen, hob den Deckel des

Sarges in die Höhe, richtete sich auf und war wieder lebendig. »Ach Gott, wo bin ich?«, rief es.
Der Königssohn sagte voll Freude: »Du bist bei mir!« Er erzählte, was sich zugetragen hatte, und sprach: »Ich habe dich lieber als alles auf der Welt. Komm mit mir auf meines Vaters Schloss, du sollst meine Gemahlin werden!«
Da ging Schneewittchen mit ihm und ihre Hochzeit wurde mit großer Pracht und Herrlichkeit angeordnet.
Zu dem Fest wurde aber auch die böse Königin eingeladen. Als sie sich nun schöne Kleider angezogen hatte, trat sie vor den Spiegel und sprach:

»Spieglein, Spieglein an der Wand,
wer ist die Schönste im ganzen Land?«

Der Spiegel antwortete:

»Frau Königin, Ihr seid die Schönste hier,
aber die junge Königin ist tausendmal schöner
als Ihr.«

Da stieß die böse Frau einen Fluch aus. Es wurde ihr so angst, so angst, dass sie sich nicht zu lassen wusste. Zuerst wollte sie gar nicht auf die Hochzeit gehen. Doch ließ es ihr keine Ruhe, sie musste fort und die junge Königin sehen. Als sie eintrat, erkannte sie Schneewittchen, und vor Angst und Schrecken stand sie da und konnte sich nicht regen. Aber es waren schon eiserne Pantoffeln über ein Kohlenfeuer gestellt und wurden mit Zangen hereingetragen und vor die böse Königin gestellt. Da musste sie die rot glühenden Schuhe anziehen und so lange tanzen, bis sie tot zur Erde fiel.

König Drosselbart

Ein König hatte eine Tochter, die war über alle Maßen schön, aber dabei so stolz und hochmütig, dass ihr kein Freier gut genug war. Sie wies einen nach dem andern ab und trieb noch dazu Spott mit ihnen. Einmal gab der König ein großes Fest und lud dazu aus der Nähe und Ferne alle heiratslustigen Männer ein. Sie wurden alle in eine Reihe nach Rang und Stand geordnet. Zuerst kamen die Könige, dann die Herzöge, die Fürsten, Grafen und Freiherrn und zuletzt die Edelleute.

Nun wurde die Königstochter an ihnen vorbeigeführt, aber an jedem hatte sie etwas auszusetzen. Der eine war ihr zu dick. »Das Weinfass!«, sprach sie. Der andere zu lang. »Lang und schwank hat keinen Gang!« Der dritte zu kurz. »Kurz und dick hat kein Geschick!« Der vierte zu blass. »Der bleiche Tod!« Der fünfte zu rot. »Der rote Hahn!« Der sechste war nicht gerade genug. »Grünes Holz, hinter dem Ofen getrocknet!« Und so hatte sie an jedem etwas auszusetzen. Besonders aber machte sie sich über einen guten König lustig, der ganz oben stand und dem das Kinn ein wenig krumm gewachsen war. »Ei«, rief sie und lachte, »der hat ja ein Kinn wie die Drossel einen Schnabel.« Seit der Zeit bekam der König den Namen *Drosselbart*.

Als der alte König sah, dass seine Tochter die Leute nur verspottete und alle Freier, die da versammelt waren, verschmähte, wurde er zornig und schwor, sie sollte den ersten Bettler zum Mann nehmen, der vor seine Tür käme.

Ein paar Tage darauf fing ein Spielmann an, unter dem Fenster zu singen, um damit ein kleines Almosen zu verdienen. Als es der König hörte, sprach er: »Lasst ihn heraufkommen!« Da trat der Spielmann herein und sang vor dem

König und seiner Tochter. Als er fertig war, bat er um eine milde Gabe.

Der König sprach: »Dein Gesang hat mir so wohl gefallen, dass ich dir meine Tochter zur Frau geben will.«

Die Königstochter erschrak, aber der König sagte: »Ich habe den Eid getan, dich dem ersten besten Bettelmann zu geben, und diesen Schwur will ich auch halten.« Es half keine Widerrede, der Pfarrer wurde geholt, und die Königs-

tochter musste sich gleich mit dem Spielmann trauen lassen.

Als das geschehen war, sprach der König: »Es schickt sich nicht, dass du als ein Bettelweib noch länger in meinem Schloss bleibst. Du musst nun mit deinem Mann fortziehen.«

Der Bettelmann führte sie an der Hand hinaus und sie musste mit ihm zu Fuß fortgehen.

Als sie in einen großen Wald kamen, da fragte sie:

»Ach, wem gehört der schöne Wald?«

»Der gehört dem König Drosselbart;
hätt'st du ihn genommen, so wär er dein.«

»Ich arme Jungfer zart,
ach, hätt ich genommen den König Drosselbart!«

Darauf kamen sie über eine Wiese, da fragte sie wieder:

»Wem gehört die schöne grüne Wiese?«

»Sie gehört dem König Drosselbart;
hätt'st du ihn genommen, so wär sie dein.«

»Ich arme Jungfer zart,
ach, hätt ich genommen den König Drosselbart!«

Dann kamen sie durch eine große Stadt, da fragte sie wieder:

»Wem gehört diese schöne große Stadt?«

»Sie gehört dem König Drosselbart;
hätt'st du ihn genommen, so wär sie dein.«

»Ich arme Jungfer zart,
ach, hätt ich genommen den König Drosselbart!«

»Es gefällt mir nicht«, sprach der Spielmann, »dass du dir immer einen andern zum Mann wünschst. Bin ich dir vielleicht nicht gut genug?« Endlich kamen sie zu einem ganz kleinen Häuschen, da sprach sie:

»Ach Gott, wie ist das Haus so klein!
Wem mag das elende winzige Häuschen sein?«

Der Spielmann antwortete: »Das ist mein und dein Haus, wo wir zusammen wohnen werden.«
Sie musste sich bücken, damit sie zu der niedrigen Tür hineinkam.
»Wo sind die Diener?«, fragte die Königstochter.
»Was Diener!«, antwortete der Bettelmann. »Du musst

selber tun, was du getan haben willst! Mach nur gleich Feuer an, stell Wasser auf, und koch mir mein Essen, ich bin müde!«

Die Königstochter verstand aber nichts vom Feuermachen und Kochen, und der Bettelmann musste selbst mit Hand anlegen, damit es so leidlich ging.

Als sie die schmale Kost verzehrt hatten, legten sie sich zu Bett. Aber am anderen Morgen trieb er sie schon ganz früh hinaus, weil sie das Haus besorgen sollte. Ein paar Tage lebten sie auf diese Art schlecht und recht dahin und zehrten ihren Vorrat auf. Dann sprach der Mann: »Frau, so geht's nicht länger, dass wir hier alles verzehren und nichts verdienen. Du sollst Körbe flechten!« Er ging aus, schnitt Weiden und brachte sie heim. Da fing sie an zu flechten, aber die harten Weiden stachen ihr die zarten Hände wund.

»Ich sehe, das geht nicht«, sprach der Mann. »Spinne lieber, vielleicht kannst du das besser.« Sie setzte sich hin und versuchte zu spinnen, aber der harte Faden schnitt ihr bald in die weichen Finger, dass das Blut daran herunterlief.

»Siehst du«, sprach der Mann, »du taugst zu keiner Arbeit. Mit dir bin ich schlecht dran. Nun will ich versuchen, einen Handel mit Töpfen und Geschirr anzufangen. Du sollst dich auf den Markt setzen und die Ware anbieten.«

Ach, dachte sie, wenn auf den Markt Leute aus meines Vaters Reich kommen und mich da sitzen und verkaufen sehen, wie werden sie mich verspotten! Aber es half nichts, sie musste sich fügen, wenn sie nicht hungers sterben wollten.

Das erste Mal ging's gut. Die Leute kauften der Frau, weil sie so schön war, gern ihre Ware ab und bezahlten, was sie forderte. Ja, viele gaben ihr das Geld und ließen ihr die Töpfe noch dazu. Nun lebten sie von dem Erworbenen, solange es reichte. Dann handelte der Mann wieder eine Menge neues

Geschirr ein. Die Frau setzte sich damit an eine Ecke des Marktes, stellte es um sich herum und bot es an. Da kam plötzlich ein betrunkener Husar dahergejagt und ritt mitten in die Töpfe hinein, dass alle in tausend Scherben zersprangen. Sie fing an zu weinen und wusste vor Angst nicht, was sie anfangen sollte. »Ach, wie wird mir's ergehen!«, rief sie. »Was wird mein Mann dazu sagen!« Und sie lief heim und erzählte ihm das Unglück.

»Wer setzt sich auch mit Geschirr an die Ecke des Marktes!«, sprach der Mann. »Lass nur das Weinen, ich sehe wohl, du bist zu keiner ordentlichen Arbeit zu gebrauchen. Ich bin in unseres Königs Schloss gewesen und habe gefragt, ob sie nicht eine Küchenmagd brauchen können. Sie haben mir versprochen, dich zu nehmen. Dafür bekommst du freies Essen.«

So wurde die Königstochter eine Küchenmagd, musste dem Koch zur Hand gehen und die sauerste Arbeit tun. Sie machte sich in beiden Taschen ein Töpfchen fest. Darin brachte sie nach Hause, was sie von den Überresten bekam, und davon ernährten sie sich.

Es trug sich zu, dass die Hochzeit des ältesten Königssohnes gefeiert werden sollte. Da ging die arme Frau hinauf, stellte sich vor die Saaltür und wollte zusehen. Als nun die Lichter angezündet wurden und alles voll Pracht und Herrlichkeit war, da dachte sie mit betrübtem Herzen an ihr Schicksal und verwünschte ihren Stolz und Hochmut, die sie erniedrigt und in so große Armut gestürzt hatten. Von den köstlichsten Speisen, die da ein und aus getragen wurden und deren Geruch verlockend zu ihr aufstieg, warfen ihr die Diener manchmal ein paar Brocken zu. Die tat sie in ihr Töpfchen und wollte sie heimtragen. Auf einmal trat der Königssohn herein. Er war ganz in Samt und Seide gekleidet und hatte goldene Ketten um den Hals. Als er die schöne Frau

bei der Tür stehen sah, ergriff er sie bei der Hand und wollte mit ihr tanzen. Aber sie weigerte sich und erschrak, denn sie sah, dass es König Drosselbart war, der um sie gefreit und den sie mit Spott abgewiesen hatte. Ihr Sträuben half aber nichts und er zog sie in den Saal. Da zerriss das Band, an welchem ihre Taschen hingen, und die Töpfe fielen heraus, dass die Suppe ausfloss und die Brocken umhersprangen. Als die Leute das sahen, erhob sich ein allgemeines Gelächter und Spotten, und sie war so beschämt, dass sie sich lieber tausend Meter unter die Erde gewünscht hätte. Sie sprang zur Tür hinaus und wollte entfliehen, aber auf der Treppe holte sie ein Mann ein und brachte sie zurück. Und als sie ihn ansah, war es wieder der König Drosselbart.
Er sprach freundlich zu ihr: »Fürchte dich nicht, ich und der Spielmann, der mit dir in dem elenden Häuschen gewohnt hat, sind eins. Dir zuliebe habe ich mich so verstellt. Und der Husar, der dir die Töpfe entzweigeritten hat, bin ich auch gewesen. Das alles ist geschehen, um deinen stolzen Sinn zu beugen und dich für deinen Hochmut zu strafen, mit dem du mich verspottet hast.«
Da weinte sie bitterlich und sagte: »Ich habe großes Unrecht getan und bin nicht wert, deine Frau zu sein.«
Er aber sprach: »Tröste dich, die bösen Tage sind vorüber, jetzt wollen wir unsere Hochzeit feiern.«
Da kamen die Kammerfrauen und zogen ihr die prächtigsten Kleider an. Ihr Vater kam und der ganze Hof, und alle wünschten ihr Glück zu ihrer Vermählung mit dem König Drosselbart. Jetzt fing die rechte Freude erst an. Ich wollte, du und ich, wir wären auch dabei gewesen.

Das kluge Gretel

Es war eine Köchin, die hieß Gretel. Die trug Schuhe mit roten Absätzen, und wenn sie damit ausging, drehte sie sich hin und her, war ganz fröhlich und dachte: Du bist doch ein schönes Mädel. Und wenn sie nach Haus kam, trank sie aus Fröhlichkeit einen Schluck Wein, und weil der Wein auch Lust zum Essen macht, versuchte sie das Beste, was sie kochte, so lang, bis sie satt war, und sprach: »Die Köchin muss wissen, wie's Essen schmeckt.«
Es trug sich zu, dass der Herr einmal zu ihr sagte: »Gretel, heut Abend kommt ein Gast, richte mir zwei Hühner fein wohl zu.«
»Will's schon machen, Herr«, antwortete Gretel. Nun stach sie die Hühner ab, brühte sie, rupfte sie, steckte sie an den Spieß und brachte sie, als es Abend wurde, zum Feuer, damit sie braten sollten. Die Hühner fingen an, braun und gar zu werden, aber der Gast war noch nicht gekommen. Da rief Gretel dem Herrn zu: »Kommt der Gast nicht, so muss ich die Hühner vom Feuer tun, ist aber jammerschade, wenn sie nicht bald gegessen werden, wo sie am besten im Saft sind.« Der Herr antwortete: »So will ich selbst laufen und den Gast holen.« Als der Herr den Rücken gekehrt hatte, legte Gretel den Spieß mit den Hühnern beiseite und dachte: So lange beim Feuer stehen macht durstig, wer weiß, wann die kommen! Derweil spring ich in den Keller und tue einen Schluck. Sie lief hinab, setzte einen Krug an, sprach: »Gott segne es dir, Gretel«, und tat einen guten Zug. »Der Wein hängt aneinander«, sprach sie weiter, »man kann ihn nicht gut abbrechen«, und tat noch einen tiefen Zug. Nun ging sie und stellte die Hühner wieder übers Feuer, strich sie mit Butter und drehte den Spieß lustig herum. Weil aber der

Braten so gut roch, dachte Gretel: Es könnte etwas fehlen, versucht muss er werden!, schleckte mit dem Finger und sprach: »Ei, was sind die Hühner so gut! Ist ja Sünd und Schand, dass man sie nicht gleich isst!« Sie lief zum Fenster, um zu sehen, ob der Herr mit dem Gast noch nicht käme, aber sie sah niemand. Da stellte sie sich wieder zu den Hühnern, dachte, der eine Flügel verbrennt, besser ist's, ich ess ihn weg. Also schnitt sie ihn ab und aß ihn auf, und er schmeckte ihr, und als sie damit fertig war, dachte sie: Der andere muss auch ab, sonst merkt der Herr, dass etwas fehlt. Als die zwei Flügel verzehrt waren, ging sie wieder und schaute nach dem Herrn und sah ihn nicht. Wer weiß, fiel ihr ein, sie kommen wohl gar nicht und sind wo eingekehrt. Da sprach sie: »Hei, Gretel, sei guter Dinge, das eine ist doch angegriffen, tu noch einen frischen Trunk, und iss vollends auf, wenn's alle ist, hast du Ruhe. Warum soll die gute Gottesgabe umkommen?« Also lief sie noch einmal in den Keller, tat einen ehrbaren Trunk und aß das eine Huhn auf. Als das eine Huhn hinunter war und der Herr noch immer nicht kam, sah Gretel das andere an und sprach: »Wo das eine ist, muss das andere auch sein, die zwei gehören zusammen: Was dem einen recht ist, das ist dem andern billig. Ich glaube, wenn ich noch einen Trunk tue, so sollte mir's nicht schaden.« Also tat sie noch einen herzhaften Trunk und ließ das zweite Huhn wieder zum andern laufen. Als sie so im besten Essen war, kam der Herr und rief: »Eil dich, Gretel, der Gast kommt gleich nach.«
»Ja, Herr, will's schon zurichten«, antwortete Gretel.
Der Herr sah nach, ob der Tisch wohl gedeckt war, nahm das große Messer, womit er die Hühner zerschneiden wollte, und wetzte es auf dem Gang. Der Gast kam und klopfte höflich an der Haustür. Gretel lief und schaute, wer da war, und als sie den Gast sah, hielt sie den Finger an den

Mund und sprach: »Still! Still! Macht geschwind, dass Ihr wieder fortkommt, wenn Euch mein Herr erwischt, so seid Ihr unglücklich. Er hat Euch zwar zum Nachtessen eingeladen, aber er hat nichts anderes im Sinn, als Euch die beiden Ohren abzuschneiden. Hört nur, wie er das Messer wetzt.« Der Gast hörte das Wetzen und lief, was er konnte, die Stiegen wieder hinab. Gretel war nicht faul, lief schreiend zu dem Herrn und rief: »Da habt Ihr einen schönen Gast eingeladen!«
»Ei, warum, Gretel? Was meinst du damit?«
»Ja«, sagte sie, »der hat mir beide Hühner, die ich eben auftragen wollte, von der Schüssel genommen und ist damit fortgelaufen.«
»Das ist eine feine Art!«, sprach der Herr, und es tat ihm leid um die schönen Hühner. »Wenn er mir dann wenigstens das eine gelassen hätte, damit mir was zu essen geblieben wäre.« Er rief ihm nach, er sollte bleiben, aber der Gast tat, als hörte er nicht. Da lief er hinter ihm her, das Messer noch immer in der Hand, und schrie: »Nur eins! Nur eins!« Er meinte, der Gast sollte ihm nur ein Huhn lassen und nicht alle beide nehmen. Der Gast aber meinte nicht anders, als er sollte eins von seinen Ohren hergeben, und lief, als wenn Feuer unter ihm brenne, damit er sie beide heimbrächte.

Das tapfere Schneiderlein

An einem Sommermorgen saß ein Schneiderlein auf seinem Tisch am Fenster, war guter Dinge und nähte aus Leibeskräften. Da kam eine Bauersfrau die Straße herab und rief: »Gutes Mus! Gutes Mus!« Das klang dem Schneiderlein lieblich in den Ohren, es streckte seinen Kopf zum Fenster hinaus und rief: »Hier herauf, liebe Frau! Hier wird Sie Ihre Ware los!«

Die Frau stieg mit dem schweren Korb die drei Treppen zu dem Schneider hinauf und musste alle ihre Töpfe vor ihm auspacken. Er besah sie alle, hob sie in die Höhe, hielt die Nase dran und sagte endlich: »Das Mus scheint gut zu sein. Wiegen Sie mir doch vier Lot davon ab, liebe Frau. Wenn's auch ein Viertelpfund ist, kommt es mir nicht darauf an!«

Die Frau, die gehofft hatte, eine größere Menge zu verkau-

fen, gab ihm, was er verlangt hatte, ging aber ganz verärgert und brummig fort. »Nun, das Mus soll mir schmecken«, rief das Schneiderlein, »und mir Kraft und Stärke geben!« Es holte das Brot aus dem Schrank, schnitt sich ein Stück ab und strich das Mus darüber. »Das wird nicht bitter schmecken«, sprach er, »aber erst will ich die Jacke fertig machen, ehe ich abbeiße.« Er legte das Brot neben sich, nähte weiter und machte vor Freude immer größere Stiche. Indessen stieg der Geruch von dem süßen Mus hinauf an die Wand, wo die Fliegen in großer Menge saßen. Sie wurden davon angelockt und ließen sich scharenweise auf dem Mus nieder. »Ei, wer hat euch eingeladen?«, sprach das Schneiderlein und jagte die ungebetenen Gäste fort. Die Fliegen aber, die kein Deutsch verstanden, ließen sich nicht abweisen, sondern kamen in immer größerer Gesellschaft wieder. Da lief dem Schneider endlich, wie man so sagt, die Laus über die Leber. Er packte ein Tuch und – »Wartet, ich will es euch geben!« – schlug unbarmherzig auf die Fliegen. Als er das Tuch wegzog, lagen nicht weniger als sieben Fliegen tot vor ihm und streckten die Beine. »Bist du so ein Kerl?«, sprach er und musste seine eigene Tapferkeit bewundern. »Das soll die ganze Stadt erfahren!«
In aller Hast schnitt sich das Schneiderlein einen Gürtel, nähte ihn und stickte mit großen Buchstaben darauf:

SIEBEN AUF EINEN STREICH!

»Ei was, Stadt«, sprach er, »die ganze Welt soll es erfahren!« Und sein Herz wackelte ihm vor Freude wie ein Lämmerschwänzchen.
Der Schneider band sich den Gürtel um den Leib und wollte in die Welt hinaus, weil er meinte, die Werkstätte wäre zu klein für seine Tapferkeit. Ehe er abzog, suchte er im Haus

herum, ob nichts da wäre, was er mitnehmen könnte. Er fand aber nichts als einen alten Käse, den steckte er ein. Vor dem Tor bemerkte er einen Vogel, der sich im Gesträuch gefangen hatte. Der musste zu dem Käse in die Tasche. Dann begann der Schneider, flott draufloszumarschieren, und weil er leicht und behände war, fühlte er keine Müdigkeit.

Der Weg führte ihn auf einen Berg, und als er den höchsten Gipfel erreicht hatte, saß da ein gewaltiger Riese und schaute sich ganz gemächlich um. Das Schneiderlein ging beherzt auf ihn zu und redete ihn an und sprach: »Guten Tag, Kamerad! Na, du sitzt da und besiehst dir die weite Welt? Ich bin eben auf dem Wege dahin. Hast du Lust mitzukommen?«

Der Riese sah den Schneider verächtlich an und sprach: »Du Lump. Du miserabler Kerl!«

»Wie sprichst du mit mir?«, antwortete das Schneiderlein, knöpfte den Rock auf und zeigte dem Riesen seinen Gürtel. »Da kannst du lesen, was ich für ein Mann bin!«

Der Riese las: »Sieben auf einen Streich!« Er meinte, es wären Menschen gewesen, die der Schneider erschlagen hätte, und kriegte ein wenig Respekt vor dem kleinen Kerl. Doch wollte er ihn erst prüfen. Er nahm einen Stein in die Hand und drückte ihn zusammen, dass das Wasser heraustropfte. »Das mach mir nach, wenn du so stark bist!«, sprach der Riese.

»Ist's weiter nichts?«, sagte das Schneiderlein. »Das ist für mich ein Kinderspiel!« Er griff in die Tasche, holte den weichen Käse hervor und drückte ihn, dass der Saft herauslief. »Nicht wahr?«, sprach er. »Das war ein wenig besser!«

Der Riese wusste nicht, was er sagen sollte, doch wollte er dem Männlein eine solche Kraft noch immer nicht zutrauen. Er hob einen Stein auf und warf ihn so hoch, dass man ihn mit den Augen kaum noch sehen konnte. »Nun, du Wichtelmännchen, das tu mir nach!«

»Gut geworfen«, sagte der Schneider, »aber der Stein hat doch wieder zur Erde herabfallen müssen. Ich will dir einen werfen, der soll gar nicht wiederkommen.« Er griff in die Tasche, nahm den Vogel und warf ihn in die Luft. Der Vogel, froh über seine Freiheit, stieg auf, flog fort und kam nicht wieder.

»Nun, wie gefällt dir das Stückchen, Kamerad?«, fragte der Schneider.

»Werfen kannst du wohl«, sagte der Riese, »aber nun wollen wir sehen, ob du auch imstande bist, etwas Ordentliches zu tragen.« Er führte das Schneiderlein zu einem mächtigen Eichbaum, der gefällt auf dem Boden lag, und sagte: »Wenn du stark genug bist, so hilf mir, den Baum wegzutragen!«

»Gern«, antwortete der kleine Mann, »nimm du nur den Stamm auf deine Schulter, ich will die Äste mit dem Gezweig aufheben und tragen, das ist doch das Schwerste.«
Der Riese nahm den Stamm auf die Schulter. Der Schneider aber setzte sich auf einen Ast, und der Riese, der sich nicht umsehen konnte, musste den ganzen Baum und das Schneiderlein noch obendrein forttragen. Der Schneider war dahinten lustig und guter Dinge und pfiff das Liedchen »Es ritten drei Schneider zum Tore hinaus …«, als wäre das Baumtragen ein Kinderspiel.
Nachdem der Riese die schwere Last ein Stück Weges fortgeschleppt hatte, konnte er nicht weiter und rief: »Hör einmal, ich muss den Baum fallen lassen!« Der Schneider sprang behände herab, fasste den Baum mit beiden Armen, als wenn er ihn wirklich getragen hätte, und sprach zum Riesen: »Du bist ein so großer Kerl und kannst den Baum nicht einmal tragen!«
Sie gingen zusammen weiter, und als sie an einem Kirschbaum vorbeikamen, fasste der Riese die Krone des Baumes, wo die reifsten Früchte hingen. Er bog sie herab, gab sie dem Schneider in die Hand und forderte ihn auf zu essen. Das Schneiderlein aber war viel zu schwach, um den Baum halten zu können.
Und als der Riese losließ, fuhr der Baum in die Höhe, und der Schneider wurde mit in die Luft geschnellt.
Als er ohne Schaden wieder herabgefallen war, sprach der Riese: »Was ist das, hast du nicht so viel Kraft, die schwache Gerte zu halten?«
»An der Kraft fehlt es nicht«, antwortete das Schneiderlein, »meinst du, das wäre etwas für einen, der sieben mit einem Streich getroffen hat? Ich bin über den Baum gesprungen, weil die Jäger da unten in das Gebüsch schießen. Spring nach, wenn du's kannst.«

Der Riese machte einen Versuch, konnte aber nicht über den Baum kommen, sondern blieb in den Ästen hängen, sodass das Schneiderlein auch hier die Oberhand behielt. Nun sprach der Riese: »Wenn du so ein tapferer Kerl bist, so komm mit in unsere Höhle, und übernachte bei uns.«
Das Schneiderlein war bereit und folgte ihm. Als sie in der Höhle anlangten, saßen da noch andere Riesen beim Feuer, und jeder hatte ein gebratenes Schaf in der Hand und aß davon. Das Schneiderlein sah sich um und dachte: Hier ist es doch viel geräumiger als in meiner Werkstatt.
Der Riese wies ihm ein Bett an und sagte, er solle sich hineinlegen und ausschlafen. Dem Schneiderlein war aber das Bett zu groß, es legte sich nicht hinein, sondern kroch in eine Ecke. Als es Mitternacht war und der Riese meinte, das Schneiderlein läge in tiefem Schlaf, stand er auf, nahm eine große Eisenstange und schlug das Bett mit einem Schlag entzwei. Er war fest überzeugt, er hätte dem Grashüpfer damit den Garaus gemacht.
Am frühen Morgen gingen die Riesen in den Wald und hatten das Schneiderlein ganz vergessen. Da kam es auf einmal ganz lustig und verwegen dahergeschritten. Die Riesen erschraken, fürchteten, es schlüge sie alle tot, und liefen hastig davon. Das Schneiderlein aber zog weiter, immer seiner spitzen Nase nach. Nachdem es lange gewandert war, kam es in den Hof eines königlichen Palastes. Weil es müde war, legte es sich ins Gras und schlief ein. Während es so dalag, kamen Leute daher, betrachteten es von allen Seiten und lasen auf dem Gürtel: Sieben auf einen Streich! »Ach«, sprachen sie, »was will dieser große Kriegsheld hier mitten im Frieden? Das muss ein mächtiger Herr sein!«
Sie meldeten es dem König und meinten, wenn Krieg ausbrechen sollte, wäre das ein wichtiger und nützlicher Mann, den man um keinen Preis fortlassen dürfe. Dem

König gefiel der Rat und er schickte einen von seinen Hofleuten zu dem Schneider. Der sollte ihm, wenn er aufgewacht wäre, Kriegsdienste anbieten. Der Abgesandte blieb bei dem Schläfer stehen und wartete, bis er seine Glieder streckte und die Augen aufschlug, und brachte dann seinen Antrag vor.
»Ebendeswegen bin ich hergekommen«, antwortete der Schneider. »Ich bin bereit, in des Königs Dienste zu treten.« Darauf wurde er ehrenvoll empfangen und ihm wurde eine besondere Wohnung angewiesen.
Die Kriegsleute aber waren dem Schneiderlein nicht wohlgesonnen und wünschten, es wäre tausend Meilen weit weg. »Was soll daraus werden?«, sprachen sie untereinander. »Wenn wir Zank mit ihm kriegen und er haut zu, so fallen gleich sieben von uns auf jeden Streich. Da kann unsereiner nicht bestehen!« Also fassten sie einen Entschluss, begaben sich allesamt zum König und baten um ihren Abschied. »Wir wagen es nicht«, sprachen sie, »neben einem Mann zu stehen, der sieben auf einen Streich schlägt.«
Der König war traurig, dass er um des einen willen alle seine treuen Diener verlieren sollte. Er wünschte, dass seine Augen ihn nie gesehen hätten, und wäre ihn gern wieder losgeworden. Aber er getraute sich nicht, ihm den Abschied zu geben, weil er fürchtete, er würde ihn vielleicht samt seinen Hofleuten totschlagen und sich auf den Thron setzen.
Er sann lange hin und her, endlich fand er einen Rat. Er schickte zu dem Schneiderlein und ließ ihm sagen, weil er ein so großer Kriegsheld sei, so wolle er ihm ein Angebot machen: In einem Wald seines Landes hausten zwei Riesen, die mit Rauben, Morden, Sengen und Brennen großen Schaden anrichteten. Niemand dürfe sich ihnen nähern, ohne sich in Lebensgefahr zu bringen. Wenn er diese beiden Riesen bezwingen und töten könne, wolle er, der König,

ihm seine einzige Tochter zur Gemahlin geben und das halbe Königreich obendrein. Auch sollten hundert Reiter mitziehen und ihm Beistand leisten.
Das wäre so etwas für einen Mann, wie du bist, dachte das Schneiderlein, eine schöne Königstochter und ein halbes Königreich werden einem nicht alle Tage angeboten! »Oh ja«, gab er zur Antwort, »die Riesen will ich schon bändigen. Die hundert Reiter hab ich dabei nicht nötig. Wer sieben auf einen Streich trifft, braucht sich vor zweien nicht zu fürchten.«
Das Schneiderlein zog aus und die hundert Reiter folgten ihm. Als er zum Rand des Waldes kam, sprach er zu seinen Begleitern: »Bleibt nur hier, ich will schon allein mit den Riesen fertig werden.« Dann sprang er in den Wald hinein und schaute sich rechts und links um.
Nach einem Weilchen erblickte er beide Riesen. Sie lagen unter einem Baum und schliefen und schnarchten beide, dass sich die Äste auf und nieder bogen. Das Schneiderlein, nicht faul, sammelte beide Taschen voll Steine und stieg damit auf den Baum. Als es in der Mitte war, rutschte es auf einen Ast, bis es gerade über die Schläfer zu sitzen kam. Dann ließ es dem einen Riesen einen Stein nach dem andern auf die Brust fallen. Der Riese spürte lange nichts, doch endlich wachte er auf, stieß seinen Gesellen an und sprach: »Warum schlägst du mich?«
»Du träumst«, sagte der andere, »ich schlage dich nicht.«
Sie legten sich wieder hin zum Schlaf. Da warf der Schneider auf den Zweiten einen Stein herab. »Was soll das?«, rief der andere. »Warum wirfst du auf mich?«
»Ich werfe dich nicht!«, antwortete der Erste und brummte. Sie zankten eine Weile, doch weil sie müde waren, ließen sie's gut sein, und die Augen fielen ihnen wieder zu.
Das Schneiderlein aber fing sein Spiel von Neuem an, suchte

den dicksten Stein aus und warf ihn dem ersten Riesen mit aller Gewalt auf die Brust. »Das ist zu arg!«, schrie der Riese, sprang wie ein Unsinniger auf und stieß seinen Gesellen gegen den Baum, dass dieser zitterte. Der andere schlug zurück, und sie gerieten in solche Wut, dass sie Bäume ausrissen und so lange aufeinander losschlugen, bis sie endlich beide zugleich tot auf die Erde fielen.

Nun sprang das Schneiderlein vom Baum herab. »Ein Glück«, sprach es, »dass sie den Baum, auf dem ich saß, nicht ausgerissen haben, sonst hätte ich wie ein Eichhörnchen auf einen anderen springen müssen. Doch unsereiner ist ja flink!«

Es zog sein Schwert und versetzte jedem Riesen ein paar tüchtige Hiebe in die Brust, dann ging es hinaus zu den Reitern und sprach: »Die Arbeit ist getan! Ich habe beiden den Garaus gemacht. Aber hart ist es hergegangen, sie haben in der Not Bäume ausgerissen und sich gewehrt. Doch das hilft alles nichts, wenn einer kommt wie ich, der sieben auf einen Streich erschlägt!«

»Seid Ihr denn nicht verwundet?«, fragten die Reiter.

»Keine Spur«, antwortete der Schneider, »kein Haar haben sie mir gekrümmt.«

Die Reiter wollten ihm nicht glauben und ritten in den Wald hinein. Da fanden sie die toten Riesen und ringsherum lagen die ausgerissenen Bäume.

Das Schneiderlein verlangte nun vom König die versprochene Belohnung. Dieser aber bereute sein Versprechen, und er sann aufs Neue, wie er sich den Helden vom Halse schaffen könnte. »Ehe du meine Tochter und das halbe Reich erhältst«, sprach er zu ihm, »musst du noch eine Heldentat vollbringen. In dem Wald haust ein Einhorn, das großen Schaden anrichtet. Das musst du erst einfangen.«

»Vor einem Einhorn fürchte ich mich noch weniger als vor

zwei Riesen«, antwortete das Schneiderlein. »Sieben auf einen Streich! Das ist meine Sache.«
Er nahm sich einen Strick und eine Axt mit, ging hinaus in den Wald und ließ die, die ihm mitgegeben waren, abermals am Waldrand warten. Er brauchte nicht lange zu suchen, da kam auch schon das Einhorn herbei und sprang geradezu auf den Schneider los, als wollte es ihn ohne Umstände aufspießen.
»Sachte, sachte!«, sprach er. »So geschwind geht das nicht!« Er blieb stehen und wartete, bis das Tier ganz nahe heran war, dann sprang er behände hinter einen Baum. Das Einhorn rannte mit aller Kraft gegen den Baum und spießte sein Horn so fest in den Stamm, dass es nicht genug Kraft hatte, es wieder herauszuziehen, und so war es gefangen. »Jetzt hab ich das Vöglein«, sagte der Schneider, kam hinter dem Baum hervor, legte dem Einhorn den Strick um den Hals, dann hieb er mit der Axt das Horn aus dem Baum. Als das geschehen war, führte er das Tier ab und brachte es dem König.
Der König wollte ihm den versprochenen Lohn immer noch nicht gewähren und stellte eine dritte Forderung. Der Schneider sollte vor der Hochzeit erst ein Wildschwein fangen, das im Wald großen Schaden anrichtete. Die Jäger sollten ihm Beistand leisten. »Gern«, sagte der Schneider, »das ist ein Kinderspiel.«
Die Jäger nahm er nicht mit in den Wald. Sie waren damit wohl einverstanden, denn das Wildschwein hatte sie schon mehrmals so empfangen, dass sie keine Lust hatten, ihm nachzustellen.
Als das Schwein den Schneider erblickte, lief es mit schäumendem Maul und wetzenden Zähnen auf ihn zu und wollte ihn auf die Erde werfen. Der flinke Held aber sprang in eine Kapelle, die in der Nähe war, und gleich mit einem

Satz oben zum Fenster wieder hinaus. Das Wildschwein war hinter ihm hergelaufen. Der Schneider aber hüpfte außen herum und schlug die Tür hinter ihm zu. Da war das wütende Tier gefangen, das viel zu schwer und unbeholfen war, um zum Fenster hinauszuspringen.
Das Schneiderlein rief die Jäger herbei. Die mussten sich den Gefangenen ansehen. Der Held aber begab sich zum König, der nun, er mochte wollen oder nicht, sein Versprechen halten und ihm seine Tochter und das halbe Königreich übergeben musste. Hätte er gewusst, dass kein Held, sondern ein Schneiderlein vor ihm stand, wäre es ihm wohl noch mehr zu Herzen gegangen. Die Hochzeit wurde also mit großer Pracht und kleiner Freude gehalten und aus dem Schneider ein König gemacht.
Nach einiger Zeit hörte die junge Königin in der Nacht, wie ihr Mann im Traum sprach: »Junge, mach mir die Jacke, und flick mir die Hosen, oder ich will dir die Elle über die Ohren schlagen!«
Da merkte sie, woher der junge Herr stammte. Sie klagte am andern Morgen dem Vater ihr Leid und bat, er möge sie von dem Mann befreien, der nichts anderes sei als ein Schneider.
Der König sprach ihr Trost zu und sagte: »Lass in der nächsten Nacht die Schlafkammer offen. Meine Diener sollen draußen stehen, und wenn er eingeschlafen ist, sollen sie hineingehen, ihn binden und auf ein Schiff tragen, das in die weite Welt fährt.«
Die junge Frau war damit zufrieden. Des Königs Waffenträger aber, der alles mit angehört hatte, war dem jungen Herrn gewogen und verriet ihm den ganzen Anschlag.
»Ich will es ihnen schon zeigen!«, sagte der Schneider.
Abends legte er sich zur gewohnten Zeit mit seiner Frau zu Bett. Als seine Frau glaubte, er wäre eingeschlafen, stand

sie auf und öffnete die Tür. Das Schneiderlein aber, das sich nur so stellte, als ob es schliefe, fing an mit heller Stimme zu rufen: »Junge, mach mir die Jacke, und flick mir die Hosen, oder ich will dir die Elle über die Ohren schlagen! Ich habe sieben mit einem Streich getroffen, zwei Riesen getötet, ein Einhorn fortgeführt und ein Wildschwein gefangen! Sollte ich mich jetzt vielleicht vor denen fürchten, die da draußen vor meiner Kammer stehen?«
Als diese den Schneider so sprechen hörten, bekamen sie Angst, sie liefen Hals über Kopf davon, und keiner wagte sich mehr zurück. Also war und blieb das Schneiderlein sein Lebtag König.

Rapunzel

Es waren einmal ein Mann und eine Frau, die wünschten sich schon lange vergeblich ein Kind. Manchmal machte sich die Frau Hoffnung, der liebe Gott werde ihren Wunsch erfüllen.

Die Leute hatten in ihrem Hinterhaus ein kleines Fenster, daraus konnte man einen prächtigen Garten sehen, der voll der schönsten Blumen und Kräuter stand. Er war aber von einer hohen Mauer umgeben, und niemand wagte hineinzugehen, weil er einer Zauberin gehörte, die große Macht hatte und von aller Welt gefürchtet wurde. Eines Tages stand die Frau an diesem Fenster und sah in den Garten hinab.

Da erblickte sie ein Beet, das mit den schönsten Rapunzeln bepflanzt war; und sie sahen so frisch und grün aus, dass sie das größte Verlangen empfand, von den Rapunzeln zu essen. Das Verlangen nahm jeden Tag zu, und da sie wusste, dass sie keine davon bekommen konnte, magerte sie ab, sah blass und elend aus. Da erschrak der Mann und fragte: »Was fehlt dir, liebe Frau?«

»Ach«, antwortete sie, »wenn ich keine Rapunzeln aus dem Garten hinter unserm Haus zu essen kriege, so sterbe ich.«

Der Mann, der sie lieb hatte, dachte: Eh du deine Frau sterben lässt, holst du ihr von den Rapunzeln, es mag kosten, was es will. In der Abenddämmerung stieg er also über die Mauer in den Garten der Zauberin, stach in aller Eile eine Handvoll Rapunzeln und brachte sie seiner Frau. Sie machte sich sogleich Salat daraus und aß die Rapunzeln voller Begierde auf. Sie hatten ihr aber so gut geschmeckt, dass sie am andern Tag noch dreimal so viel Lust bekam.

Sollte sie Ruhe haben, so musste der Mann noch einmal in den Garten steigen. Er machte sich also in der Abenddämmerung wieder auf den Weg. Als er die Mauer hinuntergeklettert war, erschrak er gewaltig, denn er sah die Zauberin vor sich stehen.
»Wie kannst du es wagen«, sprach sie zornig, »in meinen Garten zu steigen und mir meine Rapunzeln zu stehlen? Das soll dir schlecht bekommen.«
»Ach«, antwortete er, »lass Gnade für Recht ergehen. Ich habe mich nur aus Not dazu entschlossen. Meine Frau hat Eure Rapunzeln aus dem Fenster erblickt und hat so großes Verlangen danach, dass sie sterben würde, wenn sie nicht davon zu essen bekäme.«
Da ließ die Zauberin in ihrem Zorn nach und sprach zu ihm: »Verhält es sich so, wie du sagst, so will ich dir gestatten, Rapunzeln mitzunehmen, so viel du willst. Ich mache aber eine Bedingung: Du musst mir das Kind geben, das deine Frau zur Welt bringen wird. Es soll ihm gut gehen und ich will für es sorgen wie eine Mutter.«
Der Mann versprach in der Angst alles. Und als wenig später die Frau ein Kind bekam, erschien am selben Tag die Zauberin, gab dem Kind den Namen Rapunzel und nahm es mit sich fort.
Rapunzel wurde das schönste Kind unter der Sonne. Als es zwölf Jahre alt war, schloss es die Zauberin in einen Turm, der in einem Wald lag und weder Treppe noch Tür hatte, nur ganz oben ein kleines Fensterchen. Wenn die Zauberin hineinwollte, so stellte sie sich unten hin und rief:

»Rapunzel, Rapunzel,
lass mir dein Haar herunter.«

Rapunzel hatte lange prächtige Haare, fein wie gesponnenes Gold. Wenn sie nun die Stimme der Zauberin hörte, so band sie ihre Zöpfe los, wickelte sie oben um einen Fensterhaken, und dann fielen die Haare hinunter und die Zauberin stieg daran herauf.
Nach ein paar Jahren trug es sich zu, dass der Sohn des Königs durch den Wald ritt und an dem Turm vorüberkam. Da hörte er einen Gesang, der so lieblich war, dass er still hielt und horchte. Das war Rapunzel, die in ihrer Einsamkeit sich die Zeit damit vertrieb, ihre süße Stimme erschallen zu lassen. Der Königssohn wollte zu ihr hinaufsteigen und suchte nach einer Tür des Turms, aber es war keine zu finden. Er ritt heim, doch der Gesang hatte ihm so sehr das Herz berührt, dass er jeden Tag hinaus in den Wald ging und zuhörte.
Als er einmal so hinter einem Baum stand, sah er, dass eine Zauberin herankam, und er hörte, wie sie hinaufrief:

»Rapunzel, Rapunzel,
lass mir dein Haar herunter.«

Da ließ Rapunzel die Haarflechten herab und die Zauberin stieg zu ihr hinauf.
»Ist das die Leiter, auf der man hinaufkommt, so will ich auch einmal mein Glück versuchen.«
Und am folgenden Tag, als es anfing dunkel zu werden, ging er zu dem Turm und rief:

»Rapunzel, Rapunzel,
lass mir dein Haar herunter.«

Alsbald fielen die Haare herab und der Königssohn stieg hinauf. Anfangs erschrak Rapunzel gewaltig, als ein Mann

zu ihr hereinkam, wie sie noch nie einen erblickt hatte. Doch der Königssohn fing an, ganz freundlich mit ihr zu reden, und erzählte ihr, dass von ihrem Gesang sein Herz so sehr bewegt worden sei, dass es ihm keine Ruhe gelassen und er sie selbst habe sehen müssen. Da verlor Rapunzel ihre Angst, und als er sie fragte, ob sie ihn zum Mann nehmen wolle, und sie sah, dass er jung und schön war, so dachte sie: Der wird mich lieber haben als die alte Frau Gotel! Sie sagte Ja und legte ihre Hand in seine Hand. Sie sprach: »Ich will gerne mit dir gehen, aber ich weiß nicht, wie ich hinunterkommen kann. Wenn du kommst, so bringe jedes Mal einen Strang Seide mit. Daraus will ich eine Leiter flechten, und wenn sie fertig ist, so steige ich hinunter, und du nimmst mich auf dein Pferd.«

Sie verabredeten, dass er bis dahin alle Abende zu ihr kommen solle, denn bei Tag kam die Alte. Die Zauberin merkte auch nichts davon, bis einmal Rapunzel zu ihr sagte: »Sagen Sie mir doch, Frau Gotel, wie kommt es nur, dass ich Sie viel schwerer heraufziehen kann als den jungen Königssohn, der ist in einem Augenblick oben.«

»Ach, du gottloses Kind«, rief die Zauberin, »was muss ich von dir hören? Ich dachte, ich hätte dich von aller Welt geschieden, und du hast mich doch betrogen!«

In ihrem Zorn packte sie die schönen Haare der Rapunzel, schlug sie ein paarmal um ihre linke Hand, griff eine Schere mit der rechten, und ritsch, ratsch waren sie abgeschnitten, und die schönen Flechten lagen auf der Erde. Und sie war so unbarmherzig, dass sie die arme Rapunzel in eine Wüstenei brachte, wo sie in großem Jammer und Elend leben musste.

Am selben Tag aber, an dem sie Rapunzel verstoßen hatte, machte die Zauberin abends die abgeschnittenen Flechten oben am Fensterhaken fest, und als der Königssohn kam und rief:

»Rapunzel, Rapunzel,
lass mir dein Haar herunter«,

ließ sie die Haare hinab. Der Königssohn stieg hinauf, aber er fand oben nicht seine liebe Rapunzel, sondern die Zauberin, die ihn mit bösen und giftigen Blicken ansah.
»Aha«, rief sie höhnisch, »du willst die Frau Liebste holen, aber der schöne Vogel sitzt nicht mehr im Nest und singt nicht mehr, die Katze hat ihn geholt und wird dir auch noch die Augen auskratzen. Für dich ist Rapunzel verloren, du wirst sie nie wieder erblicken.«
Der Königssohn geriet außer sich vor Schmerzen und in der Verzweiflung sprang er vom Turm hinunter. Er blieb am Leben, aber die Dornen, in die er fiel, zerstachen ihm die Augen. Da irrte er blind im Wald umher, aß nichts als Wurzeln und Beeren und tat nichts als jammern und weinen über den Verlust seiner liebsten Frau.
So wanderte er einige Jahre im Elend umher und geriet endlich in die Wüstenei, wo Rapunzel mit den Zwillingen, die sie geboren hatte, einem Knaben und einem Mädchen, kümmerlich lebte. Er hörte eine Stimme und sie erschien ihm so bekannt. Da ging er darauf zu, und wie er herankam, erkannte ihn Rapunzel und fiel ihm um den Hals und weinte. Zwei von ihren Tränen aber benetzten seine Augen, da wurden sie wieder klar, und er konnte damit wieder sehen wie vorher. Er führte sie in sein Reich, wo er mit Freude empfangen wurde, und sie lebten noch lange glücklich und vergnügt.

Das Bäuerlein im Himmel

Es war einmal ein armes, frommes Bäuerlein. Es wurde krank und starb, und nun kam es vor die Himmelspforte. Zusammen mit ihm ist auch ein reicher, reicher Herr da gewesen und hat auch in den Himmel gewollt. Da kommt der heilige Petrus mit dem Schlüssel, macht auf und lässt den Herrn herein. Das Bäuerlein hat er aber, wie's scheint, nicht gesehen und machte also die Pforte wieder zu. Da hat das Bäuerlein von außen gehört, wie der Herr mit aller Freude im Himmel aufgenommen worden ist und wie sie drinnen musiziert und gesungen haben. Endlich ist's dadrinnen wieder still geworden, und der heilige Petrus kommt, macht die Himmelspforte auf und lässt das Bäuerlein ein. Da hat das Bäuerlein gemeint, es werde jetzt auch musiziert und gesungen, wenn er käme; aber da ist alles still gewesen. Man hat's freilich mit aller Liebe aufgenommen, und die Engel sind ihm entgegengegangen – aber gesungen hat niemand. Da fragt das Bäuerlein den heiligen Petrus, warum man bei ihm nicht singt wie bei dem reichen Herrn; es ginge da, scheint's, im Himmel genauso ungerecht zu wie auf der Erde.
Da sagt der heilige Petrus: »Aber gewiss nicht, du bist uns so lieb wie alle anderen und darfst alle himmlischen Freuden genießen wie der reiche Herr; aber schau, so arme Bäuerlein, wie du eines bist, kommen alle Tage in den Himmel; so ein reicher Herr aber – da kommt alle hundert Jahre nur etwa einer.«

Des Teufels rußiger Bruder

Ein abgedankter Soldat hatte nichts zu leben und wusste sich nicht mehr zu helfen. Da ging er hinaus in den Wald, und als er eine Weile gegangen war, begegnete ihm ein kleines Männchen, das war aber der Teufel. Das Männchen sagte zu ihm: »Was fehlt dir? Du siehst ja so trübselig aus.« Da sprach der Soldat: »Ich habe Hunger, aber kein Geld.« Der Teufel sagte: »Willst du mein Knecht sein, so sollst du für dein Lebtag genug haben; sieben Jahre sollst du mir dienen, hernach bist du wieder frei. Aber eins sag ich dir, du darfst dich nicht waschen, nicht kämmen, keine Nägel und Haare abschneiden und kein Wasser aus den Augen wischen.«

Der Soldat sprach: »Frisch dran, wenn's nicht anders sein kann.« Er ging mit dem Männchen fort, das führte ihn geradewegs in die Hölle hinein. Dann sagte es ihm, was er zu tun hätte: Er müsste das Feuer schüren unter den Kesseln, wo die Höllenbraten drinsäßen, das Haus rein halten, den Kehrdreck hinter die Tür tragen und überall auf Ordnung sehen. Aber guckte er ein einziges Mal in die Kessel hinein, so würde es ihm schlimm ergehen.

Der Soldat sprach: »Es ist gut, ich will's schon besorgen.« Da ging nun der alte Teufel wieder hinaus auf seine Wanderung, und der Soldat trat seinen Dienst an, legte Feuer zu, kehrte und trug den Kehrdreck hinter die Tür, alles, wie es befohlen war. Als der alte Teufel wiederkam, sah er nach, ob alles geschehen war, zeigte sich zufrieden und ging zum zweiten Mal fort. Der Soldat schaute sich nun einmal richtig um. Da standen die Kessel ringsherum in der Hölle, darunter war ein gewaltiges Feuer, und es kochte

und brutzelte darin. Er hätte für sein Leben gerne hineingeschaut, wenn es ihm der Teufel nicht so streng verboten hätte. Endlich konnte er nicht mehr an sich halten, hob vom ersten Kessel ein klein bisschen den Deckel auf und guckte hinein. Da sah er seinen ehemaligen Unteroffizier darin sitzen. »Aha, Vogel«, sprach er, »treff ich dich hier? Du hast mich gehabt, jetzt hab ich dich«, ließ geschwind den Deckel fallen, schürte das Feuer und legte noch frisch zu. Danach ging er zum zweiten Kessel, hob den Deckel auch ein wenig auf und guckte, da saß sein Fähnrich darin: »Aha, Vogel, treff ich dich hier? Du hast mich gehabt, jetzt hab ich dich«, machte den Deckel wieder zu und trug noch einen Klotz herbei, der sollte ihm erst recht heiß machen. Nun wollte er auch sehen, wer im dritten Kessel säße, da war's gar sein General: »Aha, Vogel, treff ich dich hier? Du hast mich gehabt, jetzt hab ich dich«, holte den Blasbalg und ließ das Höllenfeuer recht unter ihm flackern. Also tat er sieben Jahre seinen Dienst in der Hölle, wusch sich nicht, kämmte sich nicht und wischte sich kein Wasser aus den Augen; und die sieben Jahre waren ihm so kurz, dass er meinte, es wäre nur ein halbes Jahr gewesen.
Als nun die Zeit vollends herum war, kam der Teufel und sagte: »Nun, Hans, was hast du gemacht?«
»Ich habe das Feuer unter den Kesseln geschürt, ich habe gekehrt und den Kehrdreck hinter die Tür getragen.«
»Aber du hast auch in die Kessel geguckt; dein Glück ist, dass du noch Holz zugelegt hast, sonst wäre dein Leben verloren; jetzt ist deine Zeit herum, willst du wieder heim?«
»Ja«, sagte der Soldat, »ich wollt gerne sehen, was mein Vater daheim macht.«
Da sprach der Teufel: »Damit du deinen verdienten Lohn kriegst, geh und raff dir deinen Ranzen voll Kehrdreck und nimm's mit nach Haus. Du sollst auch gehen ungewaschen

und ungekämmt, mit langen Haaren, mit ungeschnittenen Nägeln und mit trüben Augen, und wenn du gefragt wirst, woher du kämst, sollst du sagen ›aus der Hölle‹, und wenn du gefragt wirst, wer du wärst, sollst du sagen ›des Teufels rußiger Bruder und mein König auch‹.« Der Soldat schwieg still und tat, was der Teufel sagte, aber er war mit seinem Lohn gar nicht zufrieden.

Sobald er nun wieder oben im Wald war, hob er seinen Ranzen vom Rücken und wollte ihn ausschütten. Wie er ihn aber öffnete, so war der Kehrdreck pures Gold geworden. »Das hätte ich nicht gedacht«, sprach er, war vergnügt und ging in die Stadt hinein. Vor dem Wirtshaus stand der Wirt, und als ihn der herankommen sah, erschrak er, weil Hans so entsetzlich aussah, ärger als eine Vogelscheuche. Er rief ihn an und fragte: »Woher kommst du?«

»Aus der Hölle.«

»Wer bist du?«

»Des Teufels rußiger Bruder und mein König auch.«

Nun wollte der Wirt ihn nicht einlassen. Als Hans ihm aber das Gold zeigte, ging er und klinkte selber die Tür auf. Da ließ sich Hans die beste Stube geben und köstlich aufwarten, aß und trank sich satt, wusch sich aber nicht und kämmte sich nicht, wie ihm der Teufel geheißen hatte, und legte sich endlich schlafen. Dem Wirt aber stand der Ranzen voll Gold vor Augen und ließ ihm keine Ruhe, bis er in der Nacht hinschlich und ihn stahl.

Als nun Hans am andern Morgen aufstand, den Wirt bezahlen und weitergehen wollte, da war sein Ranzen weg. Er fasste sich aber kurz, dachte, du bist ohne Schuld unglücklich gewesen, und kehrte wieder um, geradezu in die Hölle. Da klagte er dem alten Teufel seine Not und bat ihn um Hilfe.

Der Teufel sagte: »Setz dich, ich will dich waschen, käm-

men, die Haare und Nägel schneiden und die Augen auswischen.« Und als er mit ihm fertig war, gab er ihm den Ranzen wieder voll Kehrdreck und sprach: »Geh hin und sage dem Wirt, er solle dir dein Gold wieder herausgeben, sonst wollt ich kommen und ihn abholen und er sollte an deinem Platz das Feuer schüren.«
Hans ging hinauf und sprach zum Wirt: »Du hast mein Gold gestohlen, gibst du's nicht wieder, so kommst du in die Hölle an meinen Platz, und du sollst aussehen so gräulich wie ich.« Da gab ihm der Wirt das Gold und noch mehr dazu und bat ihn, nur still davon zu sein; und Hans war nun ein reicher Mann.
Hans machte sich auf den Weg heim zu seinem Vater, kaufte sich einen schlechten Linnenkittel, ging herum und machte Musik, denn das hatte er beim Teufel in der Hölle gelernt. Es war ein alter König im Land, vor dem musste er spielen, und der geriet darüber in solche Freude, dass er dem Hans seine älteste Tochter zur Ehe versprach. Als die aber hörte, dass sie so einen gemeinen Kerl im weißen Kittel heiraten sollte, sprach sie: »Eh ich das tät, wollt ich lieber ins tiefste Wasser gehen.« Da gab ihm der König die jüngste, die wollt's ihrem Vater zuliebe gerne tun; und also bekam des Teufels rußiger Bruder die Königstochter, und als der alte König gestorben war, auch das ganze Reich.

Märchen von einem der auszog, das Fürchten zu lernen

Ein Vater hatte zwei Söhne. Davon war der älteste klug und geschickt, der jüngste aber war dumm, konnte nichts begreifen und lernen, und wenn ihn die Leute sahen, sprachen sie: »Mit dem wird der Vater noch seine Last haben!«
Wenn nun etwas zu tun war, so musste es immer der Älteste tun. Ließ ihn aber der Vater noch spät oder sogar in der Nacht etwas holen, und der Weg ging dabei über den Kirchhof oder sonst einen schaurigen Ort, so antwortete er: »Ach nein, Vater, ich gehe nicht dahin, es gruselt mir!« Denn er fürchtete sich. Oder wenn abends beim Feuer Geschichten erzählt wurden, wobei einem die Haut schauderte, so sprachen die Zuhörer manchmal: »Ach, es gruselt mir!« Der Jüngste saß in einer Ecke und hörte das mit an und konnte nicht begreifen, was es heißen sollte. »Immer sagen sie: ›Es gruselt mir! Es gruselt mir!‹ Mir gruselt's nicht. Das wird wohl eine Kunst sein, von der ich auch nichts verstehe.«
Nun geschah es, dass der Vater einmal zu ihm sprach: »Hör du, in der Ecke dort, du wirst groß und stark, du musst auch etwas lernen, womit du dein Brot verdienst. Siehst du, wie dein Bruder sich Mühe gibt, aber an dir ist Hopfen und Malz verloren.«
»Ei, Vater«, antwortete er, »ich will gerne was lernen. Ja, wenn's ginge, so möchte ich lernen, dass mir's gruselte. Davon verstehe ich noch gar nichts.« Der Älteste lachte, als er das hörte, und dachte bei sich: Du lieber Gott, was ist mein Bruder ein Dummbart, aus dem wird sein Lebtag nichts; was ein Häkchen werden will, muss sich beizeiten krümmen.

Der Vater seufzte und antwortete ihm: »Das Gruseln, das sollst du schon lernen, aber dein Brot wirst du damit nicht verdienen.«

Bald danach kam der Küster zu Besuch ins Haus. Da klagte ihm der Vater seine Not und erzählte, wie sein jüngster Sohn in allen Dingen so schlecht beschlagen sei, er wisse nichts und lerne nichts. »Denkt Euch, als ich ihn fragte, womit er sein Brot verdienen wolle, hat er gar verlangt, das Gruseln zu lernen.«

»Wenn's weiter nichts ist«, antwortete der Küster, »das kann er bei mir lernen. Schickt ihn nur zu mir, ich werde ihn schon abhobeln.« Der Vater war es zufrieden, weil er dachte: Der Junge wird doch ein wenig zurechtgestutzt. Der Küster nahm ihn also ins Haus und er musste die Glocke läuten.

Nach ein paar Tagen weckte der Küster den Jungen um Mitternacht, ließ ihn aufstehen, in den Kirchturm steigen und läuten. Du sollst schon lernen, was Gruseln ist, dachte er und ging heimlich voraus. Als der Junge oben war und sich umdrehte und das Glockenseil fassen wollte, sah er auf der Treppe eine weiße Gestalt stehen.

»Wer da?«, rief er, aber die Gestalt gab keine Antwort, regte und bewegte sich nicht. »Gib Antwort«, rief der Junge, »oder mach, dass du fortkommst, du hast hier in der Nacht nichts zu schaffen.«

Der Küster aber blieb unbeweglich stehen, damit der Junge glauben sollte, es wäre ein Gespenst.

Der Junge rief zum zweiten Mal: »Was willst du hier? Sprich, wenn du ein ehrlicher Kerl bist, oder ich werfe dich die Treppe hinab.«

Der Küster dachte: Das wird so schlimm nicht gemeint sein! – gab keinen Laut von sich und stand, als wenn er aus Stein wäre. Da rief ihn der Junge zum dritten Mal an, und als das auch vergeblich war, nahm er einen Anlauf und stieß das Gespenst die Treppe hinab, dass es zehn Stufen hinabfiel und in einer Ecke liegen blieb. Darauf läutete er die Glocke, ging heim, legte sich, ohne ein Wort zu sagen, ins Bett und schlief ein.

Die Küsterfrau wartete lange Zeit auf ihren Mann, aber er wollte nicht wiederkommen. Da wurde ihr endlich angst, sie weckte den Jungen und fragte: »Weißt du nicht, wo mein Mann geblieben ist? Er ist vor dir auf den Turm gestiegen.«

»Nein«, antwortete der Junge, »aber da hat einer auf der Treppe gestanden, und weil er keine Antwort geben und auch nicht weggehen wollte, so habe ich ihn für einen Spitzbuben gehalten und hinuntergestoßen. Geht nur hin, so werdet Ihr sehen, ob er's gewesen ist, es sollte mir leidtun.«

Die Frau lief fort und fand ihren Mann, der in einer Ecke lag und jammerte und ein Bein gebrochen hatte. Sie trug ihn hinab und eilte mit lautem Geschrei zu dem Vater des Jungen.

»Euer Junge«, rief sie, »hat ein großes Unglück angerichtet. Meinen Mann hat er die Treppe hinabgeworfen, dass er ein Bein gebrochen hat! Schafft den Taugenichts aus unserm Haus!«

Der Vater erschrak, kam herbeigelaufen und schalt den Jungen aus. »Was sind das für gottlose Streiche, die muss dir der Böse eingegeben haben.«

»Vater«, antwortete der Junge, »hört nur an, ich bin ganz unschuldig. Er stand da in der Nacht wie einer, der Böses im Sinn hat. Ich wusste nicht, wer's war, und hab ihn dreimal ermahnt, zu reden oder wegzugehen.«

»Ach«, sprach der Vater, »mit dir erleb ich nur Unglück, geh mir aus den Augen, ich will dich nicht mehr sehen.«

»Ja, Vater, recht gerne, wartet nur, bis Tag ist, da will ich ausgehen und das Gruseln lernen, so versteh ich doch eine Kunst, die mich ernähren kann.«

»Lerne, was du willst«, sprach der Vater, »mir ist alles einerlei. Da hast du fünfzig Taler, damit geh in die weite Welt, und sage keinem Menschen, woher du bist und wer dein Vater ist, denn ich muss mich deiner schämen.«

»Ja, Vater, wie Ihr's haben wollt, wenn Ihr nicht mehr verlangt, das kann ich leicht behalten.«

Als nun der Tag anbrach, steckte der Junge seine fünfzig Taler in die Tasche, ging hinaus auf die große Landstraße und sprach immer vor sich hin: »Wenn mir's nur gruselte! Wenn mir's nur gruselte!« Da kam ein Mann heran, der hörte das Gespräch, das der Junge mit sich selber führte, und als sie ein Stück weiter waren, dass man den Galgen sehen konnte, sagte der Mann zu ihm: »Siehst du, dort ist der Baum, an dem man sieben Spitzbuben aufgehängt hat. Die lernen jetzt das Fliegen. Setz dich darunter und warte, bis die Nacht kommt, so wirst du schon das Gruseln lernen.«

»Wenn weiter nichts dazu gehört«, antwortete der Junge, »das ist leicht getan. Lerne ich aber so geschwind das Gruseln, so sollst du meine fünfzig Taler haben, komm nur morgen früh wieder zu mir.« Da ging der Junge zu dem Galgen, setzte sich darunter und wartete, bis der Abend kam, und weil ihn fror, machte er sich ein Feuer an. Aber um Mitternacht ging der Wind so kalt, dass er trotz des Feuers nicht warm werden wollte. Und als der Wind die Gehängten gegeneinander stieß, dass sie sich hin und her bewegten, dachte er: Du frierst unten bei dem Feuer, was mögen die da oben erst frieren und zappeln. Und weil er mitleidig war, legte er die Leiter an, stieg hinauf, knüpfte einen nach dem andern los und holte sie alle sieben herab. Darauf schürte er das Feuer, blies es an und setzte sie ringsumher, dass sie sich wärmen sollten. Aber sie saßen da und

regten sich nicht und das Feuer ergriff ihre Kleider. Da sprach er: »Nehmt euch in Acht, sonst häng ich euch wieder auf.« Die Toten aber hörten nicht, schwiegen und ließen ihre Lumpen fortbrennen. Da wurde er böse und sprach: »Wenn ihr nicht achtgeben wollt, so kann ich euch nicht helfen. Ich will nicht mit euch verbrennen!« – und hängte sie der Reihe nach wieder auf. Nun setzte er sich zu seinem Feuer und schlief ein.

Am andern Morgen kam der Mann zu ihm, wollte die fünfzig Taler haben und sprach: »Nun, weißt du, was Gruseln ist?«

»Nein«, antwortete er, »woher sollte ich's wissen? Die da droben haben das Maul nicht aufgetan und waren so dumm, dass sie die paar alten Lappen, die sie am Leibe haben, brennen ließen.«

Da sah der Mann, dass er die fünfzig Taler heute nicht davontragen konnte, ging fort und sprach: »So einen hab ich noch nicht erlebt.«
Der Junge ging auch seines Wegs und fing wieder an, vor sich hin zu reden: »Ach, wenn mir's nur gruselte! Ach, wenn mir's nur gruselte!« Das hörte ein Fuhrmann, der hinter ihm herschritt, und fragte: »Wer bist du?«
»Ich weiß nicht«, antwortete der Junge.
Der Fuhrmann fragte weiter: »Woher bist du?«
»Ich weiß nicht.«
»Wer ist dein Vater?«
»Das darf ich nicht sagen.«
»Was brummst du ständig in den Bart hinein?«
»Ach«, antwortete der Junge, »ich wollte, dass mir's gruselte, aber niemand kann's mich lehren.«
»Lass dein dummes Geschwätz«, sprach der Fuhrmann, »komm, geh mit mir, ich will sehen, dass ich dich unterbringe.«

Der Junge ging mit dem Fuhrmann, und abends gelangten sie zu einem Wirtshaus, wo sie übernachten wollten. Da sprach er beim Eintritt in die Stube wieder ganz laut: »Wenn mir's nur gruselte! Wenn mir's nur gruselte!«
Der Wirt, der das hörte, lachte und sprach: »Wenn dich danach gelüstet, dazu sollte hier wohl Gelegenheit sein.«
»Ach, schweig still«, sprach die Wirtsfrau, »so mancher Vorwitzige hat schon sein Leben eingebüßt. Es wäre jammerschade um die schönen Augen, wenn die das Tageslicht nicht wieder sehen sollten.« Der Junge aber sagte: »Wenn's noch so schwer wäre, ich will's einmal lernen, deshalb bin ich ausgezogen.« Er ließ dem Wirt auch keine Ruhe, bis dieser erzählte, nicht weit entfernt stände ein verwünschtes Schloss, wo einer wohl lernen könne, was Gruseln sei, wenn er nur drei Nächte darin wachen wolle. Der König hätte dem, der's wagen wolle, seine Tochter zur Frau versprochen, und die wäre die Schönste der Jungfrauen, welche die Sonne beschiene. In dem Schloss steckten auch große Schätze, von bösen Geistern bewacht, die dann frei würden und einen Armen reich genug machen könnten. Schon viele seien wohl hinein-, aber noch keiner wieder herausgekommen.
Da ging der Junge am andern Morgen vor den König und sprach: »Wenn's erlaubt ist, so möchte ich wohl drei Nächte in dem verwünschten Schloss wachen.«
Der König sah ihn an, und weil er ihm gefiel, sprach er: »Du darfst dir noch dreierlei ausbitten, aber es müssen leblose Dinge sein. Die darfst du mit ins Schloss nehmen.«
Da antwortete er: »So bitt ich um ein Feuer, eine Drehbank und eine Schnitzbank mit dem Messer.«
Der König ließ ihm das alles bei Tage in das Schloss tragen. Als es Nacht werden wollte, ging der Junge hinauf, machte sich in einer Kammer ein helles Feuer an, stellte die Schnitzbank mit dem Messer daneben und setzte sich auf

die Drehbank. »Ach, wenn mir's nur gruselte!«, sprach er. »Aber hier werde ich's auch nicht lernen.«
Gegen Mitternacht wollte er sich sein Feuer einmal aufschüren. Wie er so hineinblies, da schrie es plötzlich aus einer Ecke: »Au, miau! Was uns friert!«
»Ihr Narren«, rief er, »was schreit ihr? Wenn euch friert, kommt, setzt euch ans Feuer und wärmt euch.«
Und wie er das gesagt hatte, kamen zwei große schwarze Katzen in einem gewaltigen Sprung herbei, setzten sich ihm zu beiden Seiten und sahen ihn mit ihren feurigen Augen ganz wild an. Als sie sich ein Weilchen gewärmt hatten, sprachen sie: »Kamerad, wollen wir Karten spielen?«
»Warum nicht!«, antwortete er. »Aber zeigt einmal eure Pfoten her.« Da streckten sie die Krallen aus. »Ei«, sagte er, »was habt ihr für lange Nägel! Wartet, die muss ich euch erst abschneiden.« Damit packte er sie beim Kragen, hob sie auf die Schnitzbank und schraubte ihnen die Pfoten fest. »Euch habe ich auf die Finger gesehen«, sprach er, »da vergeht mir die Lust zum Kartenspiel«, schlug sie tot und warf sie hinaus ins Wasser.
Als er nun die zwei zur Ruhe gebracht hatte und sich wieder zu seinem Feuer setzen wollte, da kamen aus allen Ecken schwarze Katzen und schwarze Hunde an glühenden Ketten, immer mehr und mehr. Die schrien gräulich, traten ihm auf sein Feuer, zerrten es auseinander und wollten es ausmachen. Das sah er ein Weilchen ruhig mit an. Als es ihm aber zu arg wurde, fasste er sein Schnitzmesser und rief: »Fort mit euch, ihr Gesindel!« – und haute auf sie los. Ein Teil sprang weg, die andern schlug er tot und warf sie hinaus in den Teich.
Als er wiedergekommen war, blies er aus den Funken sein Feuer frisch an und wärmte sich. Und als er so saß, wollten ihm die Augen nicht länger offen bleiben, und er bekam

Lust zu schlafen. Da blickte er sich um und sah in der Ecke ein großes Bett.

»Das ist mir eben recht«, sprach er und legte sich hinein. Als er aber die Augen zutun wollte, fing das Bett von selbst an zu fahren und fuhr im ganzen Schloss herum. »Recht so«, sprach er, »nur besser zu.« Da rollte das Bett fort, als wären sechs Pferde vorgespannt, über die Schwellen und Treppen auf und ab. Auf einmal – hopp, hopp! – fiel es um, das Unterste zuoberst, dass es wie ein Berg auf ihm lag. Aber er schleuderte Decken und Kissen weg, stieg hinaus und sagte: »Nun mag fahren, wer Lust hat!« – legte sich an sein Feuer und schlief, bis es Tag war.

Am Morgen kam der König. Als er den Jungen da auf der Erde liegen sah, meinte er, die Gespenster hätten ihn umgebracht und er wäre tot. Da sprach er: »Es ist doch schade um den schönen Menschen.«

Das hörte der Junge, richtete sich auf und sprach: »So weit ist's noch nicht!«

Da wunderte sich der König, freute sich aber und fragte, wie es ihm ergangen sei.

»Recht gut«, antwortete er, »eine Nacht wäre herum, die zwei andern werden auch herumgehen.«

Als er zum Wirt kam, da machte der große Augen.

»Ich dachte nicht«, sprach er, »dass ich dich lebendig wiedersehen würde. Hast du nun gelernt, was Gruseln ist?«

»Nein«, sagte der Junge, »es ist alles vergeblich: wenn mir's nur einer sagen könnte!«

Die zweite Nacht ging er abermals hinauf ins alte Schloss, setzte sich zum Feuer und fing sein altes Lied wieder an: »Wenn mir's nur gruselte!«

Als die Mitternachtsstunde herankam, ließ sich ein Lärm und Gepolter hören, erst sachte, dann immer stärker, dann war's ein bisschen still, endlich kam mit lautem Geschrei

ein halber Mensch den Schornstein herab und fiel vor ihm hin.
»Heda! «, rief der Junge. »Noch ein halber gehört dazu, das ist zu wenig.« Da fing der Lärm von Neuem an, tobte und heulte, und dann fiel die andere Hälfte auch herab.
»Wart«, sprach er, »ich will dir erst das Feuer ein wenig anblasen.«
Wie er das getan hatte und sich wieder umsah, da waren die beiden Stücke zusammengefahren, und es saß ein gräulicher Mann auf seinem Platz.
»So haben wir nicht gewettet«, sprach der Junge, »das ist meine Bank.«
Der Mann wollte ihn wegdrängen, aber der Junge ließ sich's nicht gefallen, schob ihn mit Gewalt weg und setzte sich wieder auf seinen Platz. Da fielen noch mehr Männer herab, einer nach dem andern. Sie holten neun Totenbeine und zwei Totenköpfe, stellten sie auf und kegelten damit. Der Junge bekam auch Lust und fragte: »Hört ihr, kann ich mitmachen?«
»Ja, wenn du Geld hast.«
»Geld genug«, antwortete er, »aber eure Kugeln sind nicht recht rund.« Da nahm er die Totenköpfe, setzte sie in die Drehbank und drehte sie rund.
»So, jetzt werden sie besser rollen«, sprach er. »Heida! Nun geht's lustig!«
Er spielte mit und verlor etwas von seinem Geld, als es aber zwölf schlug, war alles vor seinen Augen verschwunden. Er legte sich nieder und schlief ruhig ein. Am andern Morgen kam der König.
»Wie ist dir's diesmal ergangen?«, fragte er.
»Ich habe gekegelt«, antwortete der Junge, »und ein paar Heller verloren.«
»Hat dir denn nicht gegruselt?«

»Ei was«, sprach er, »lustig war's. Wenn ich nur wüsste, was Gruseln wäre!«
In der dritten Nacht setzte er sich wieder auf seine Bank und sprach verdrießlich: »Wenn es mir nur gruselte!«
Als es spät ward, kamen sechs große Männer und trugen einen Sarg herein.
Da sprach er: »Ha, ha, das ist gewiss mein Vetterchen, das erst vor ein paar Tagen gestorben ist«, winkte mit dem Finger und rief: »Komm, Vetterchen, komm!«
Sie stellten den Sarg auf die Erde, er aber ging hin und nahm den Deckel ab. Da lag ein toter Mann darin. Er fühlte ihm ans Gesicht, aber es war kalt wie Eis. »Warte«, sprach er, »ich will dich ein bisschen wärmen«, ging ans Feuer, wärmte seine Hand und legte sie ihm aufs Gesicht, aber der Tote blieb kalt. Nun nahm er ihn heraus, setzte sich ans Feuer, legte ihn auf seinen Schoß und rieb ihm die Arme, damit das Blut wieder in Bewegung kommen sollte. Als auch das nichts helfen wollte, fiel ihm ein: Wenn zwei zusammen im Bett liegen, so wärmen sie sich! Er brachte ihn ins Bett, deckte ihn zu und legte sich neben ihn. Nach einiger Zeit wurde der Tote warm und fing an sich zu regen. Da sprach der Junge: »Siehst du, Vetterchen, hätt ich dich nicht gewärmt!«
Der Tote aber rief: »Jetzt will ich dich erwürgen.«
»Was«, sagte er, »ist das dein Dank? Gleich sollst du wieder in deinen Sarg!«
Er hob ihn auf, warf ihn hinein und machte den Deckel zu. Da kamen die sechs Männer und trugen den Sarg wieder fort.
»Es will mir nicht gruseln«, sagte der Junge, »hier lerne ich's mein Lebtag nicht.«
Da trat ein Mann herein, der war größer als alle anderen und sah fürchterlich aus. Er war alt und hatte einen langen

weißen Bart. »Oh du Wicht«, rief er, »nun sollst du bald lernen, was Gruseln ist, denn du sollst sterben!«
»Nicht so schnell«, antwortete der Junge, »soll ich sterben, so muss ich auch dabei sein.«
»Dich will ich schon packen«, sprach der Unhold.
»Sachte, sachte, mach dich nicht so breit! So stark wie du bin ich auch und wohl noch stärker.«
»Das wollen wir sehn«, sprach der Alte, »bist du stärker als ich, so will ich dich gehen lassen. Komm, wir wollen's versuchen.«
Er führte ihn durch dunkle Gänge zu einem Schmiedefeuer, nahm eine Axt und schlug den einen Amboss mit einem Schlag in die Erde.
»Das kann ich noch besser«, sprach der Junge und ging zu dem andern Amboss.
Der Alte stellte sich neben ihn und wollte zusehen, und sein weißer Bart hing herab. Da fasste der Junge die Axt, spaltete den Amboss auf einen Hieb und klemmte den Bart des Alten mit hinein. »Nun hab ich dich«, sagte der Junge, »jetzt ist das Sterben an dir.«
Dann fasste er eine Eisenstange und schlug auf den Alten los, bis er wimmerte und bat, er möge aufhören, er wolle ihm große Reichtümer geben. Der Junge zog die Axt raus und ließ ihn los. Der Alte führte ihn wieder ins Schloss zurück und zeigte ihm in einem Keller drei Kasten voll Gold.
»Davon«, sprach er, »gehört ein Teil den Armen, der andere dem König, der dritte dir.«
In dem Augenblick schlug es zwölf und der Geist verschwand. Der Junge stand allein im Finstern.
»Ich will mir doch heraushelfen können«, sprach er, tappte herum, fand den Weg in die Kammer und schlief dort bei seinem Feuer ein. Am andern Morgen kam der König und sagte: »Nun wirst du gelernt haben, was Gruseln ist?«

»Nein«, antwortete der Junge, »was ist's nur? Mein toter Vetter war da, und ein bärtiger Mann ist gekommen, der hat mir da unten viel Geld gezeigt, aber was Gruseln ist, hat mir keiner gesagt.«
Da sprach der König: »Du hast das Schloss erlöst und sollst meine Tochter heiraten.«
»Das ist alles recht gut«, antwortete er, »aber ich weiß noch immer nicht, was Gruseln ist.«
Da wurde das Gold heraufgebracht und die Hochzeit gefeiert. Aber der junge König, so lieb er seine Gemahlin hatte und so vergnügt er war, sagte doch immer: »Wenn mir's nur gruselte, wenn mir's nur gruselte!«
Das verdross die Königin endlich. Ihr Kammermädchen sprach: »Ich will Hilfe schaffen, das Gruseln soll er schon lernen.«
Sie ging hinaus zum Bach, der durch den Garten floss, und ließ sich einen ganzen Eimer voll Gründlinge holen. Nachts, als der junge König schlief, musste seine Gemahlin ihm die Decke wegziehen und den Eimer voll kaltem Wasser mit den Gründlingen über ihn schütten, dass die kleinen Fische um ihn herumzappelten. Da wachte er auf und rief: »Ach, was gruselt mir, was gruselt mir, liebe Frau! Ja, nun weiß ich, was Gruseln ist.«

Die klugen Leute

Eines Tages holte ein Bauer seinen Stock aus der Ecke und sprach zu seiner Frau: »Trine, ich gehe jetzt über Land und komme erst in drei Tagen wieder zurück. Wenn der Viehhändler in der Zeit bei uns vorspricht und will unsere drei Kühe kaufen, so kannst du sie losschlagen, aber nicht anders als für zweihundert Taler, weniger nicht, hörst du?«

»Geh nur in Gottes Namen«, antwortete die Frau, »ich will das schon machen.«

»Ja, du!«, sprach der Mann. »Du bist als kleines Kind einmal auf den Kopf gefallen, das hängt dir bis auf diese Stunde nach. Aber das sage ich dir, machst du dummes Zeug, so streiche ich dir den Rücken blau an, und das ohne Farbe, bloß mit dem Stock, den ich da in der Hand habe, und der Anstrich soll ein ganzes Jahr halten, darauf kannst du dich verlassen.« Damit ging der Mann seiner Wege.

Am andern Morgen kam der Viehhändler und die Frau brauchte mit ihm nicht viel Worte zu machen. Als er die Kühe besehen hatte und den Preis vernahm, sagte er: »Das gebe ich gerne, so viel sind sie unter Brüdern wert. Ich will die Tiere gleich mitnehmen.« Er machte sie von der Kette los und trieb sie aus dem Stall.

Als er eben zum Hoftor hinauswollte, fasste ihn die Frau am Ärmel und sprach: »Ihr müsst mir erst die zweihundert Taler geben, sonst kann ich Euch nicht gehen lassen.«

»Richtig«, antwortete der Mann, »ich habe nur vergessen meine Geldkatze umzuschnallen. Aber macht Euch keine Sorge, Ihr sollt Sicherheit haben, bis ich zahle. Zwei Kühe nehme ich mit und die dritte lasse ich Euch zurück, so habt Ihr ein gutes Pfand.«

Der Frau leuchtete das ein, sie ließ den Mann mit seinen

Kühen abziehen und dachte: Wie wird sich der Hans freuen, wenn er sieht, dass ich es so klug gemacht habe.
Der Bauer kam den dritten Tag, wie er gesagt hatte, nach Haus und fragte gleich, ob die Kühe verkauft wären.
»Freilich, lieber Hans«, antwortete die Frau, »und wie du gesagt hast, für zweihundert Taler. So viel sind sie kaum wert, aber der Mann nahm sie ohne Widerrede.«
»Wo ist das Geld?«, fragte der Bauer.
»Das Geld, das habe ich nicht«, antwortete die Frau, »er hatte gerade seine Geldkatze vergessen, wird's aber bald bringen; er hat mir ein gutes Pfand zurückgelassen.«
»Was für ein Pfand?«, fragte der Mann.
»Eine von den drei Kühen, die kriegt er nicht eher, als bis er die andern bezahlt hat. Ich habe es klug gemacht, ich habe die kleinste zurückbehalten, die frisst am wenigsten.«
Der Mann wurde zornig, hob seinen Stock in die Höhe und wollte ihr damit den verheißenen Anstrich geben. Plötzlich ließ er ihn sinken und sagte: »Du bist die dümmste Gans, die auf Gottes Erdboden herumwackelt, aber du dauerst mich. Ich will auf die Landstraße gehen und drei Tage lang warten, ob ich jemand finde, der noch einfältiger ist als du. Glückt mir's, so sollst du frei sein, find ich ihn aber nicht, so sollst du deinen wohlverdienten Lohn ohne Abzug erhalten.«
Er ging hinaus auf die große Straße, setzte sich auf einen Stein und wartete auf die Dinge, die kommen sollten.
Da sah er einen Leiterwagen heranfahren, und eine Frau stand mitten darauf, statt auf dem Stroh zu sitzen, das dabeilag, oder neben den Ochsen zu gehen und sie zu leiten. Der Mann dachte: Das ist wohl eine, wie du sie suchst, sprang auf und lief vor dem Wagen hin und her, wie einer, der nicht recht gescheit ist. »Was wollt Ihr, Gevatter«, sagte die Frau, »ich kenne Euch nicht, von wo kommt Ihr?«
»Ich bin vom Himmel gefallen«, antwortete der Mann,

»und weiß nicht, wie ich wieder hinkommen soll; könnt Ihr mich nicht hinauffahren?«

»Nein«, sagte die Frau, »ich weiß den Weg nicht. Aber wenn Ihr aus dem Himmel kommt, so könnt Ihr mir wohl sagen, wie es meinem Mann geht, der schon seit drei Jahren dort ist. Ihr habt ihn gewiss gesehen?«

»Ich habe ihn wohl gesehen, aber es kann nicht allen Menschen gut gehen. Er hütet die Schafe, und das liebe Vieh macht ihm viel zu schaffen, das springt auf die Berge und verirrt sich in der Wildnis, und da muss er hinterherlaufen und es wieder zusammentreiben. Abgerissen ist er auch und die Kleider werden ihm bald vom Leib fallen. Schneider gibt es dort nicht, der heilige Petrus lässt keinen hinein, wie Ihr aus dem Märchen wisst.«

»Wer hätte das gedacht!«, rief die Frau. »Wisst Ihr was? Ich will seinen Sonntagsrock holen, der noch daheim im Schrank hängt, den kann er dort mit Ehren tragen. Ihr seid so gut und nehmt ihn mit?«

»Das geht nicht«, antwortete der Bauer, »Kleider darf man nicht in den Himmel bringen, die werden einem vor dem Tor abgenommen.«

»Hört mich an«, sprach die Frau, »ich habe gestern schönen Weizen verkauft und ein hübsches Geld dafür bekommen, das will ich ihm schicken. Wenn Ihr den Beutel in die Tasche steckt, so wird's kein Mensch gewahr.«

»Kann's nicht anders sein«, erwiderte der Bauer, »so will ich Euch wohl den Gefallen tun.«

»Bleibt nur da sitzen«, sagte sie, »ich will heimfahren und den Beutel holen; ich bin bald wieder hier. Ich setze mich nicht auf das Bund Stroh, sondern stehe auf dem Wagen, so hat's das Vieh leichter.«

Sie trieb ihre Ochsen an, und der Bauer dachte: Die hat Anlage zur Narrheit, bringt sie das Geld wirklich, so kann meine Frau von Glück sagen, denn sie kriegt keine Schläge. Es dauerte nicht lange, so kam sie gelaufen, brachte das Geld und steckte es ihm selbst in die Tasche. Eh sie wegging, dankte sie ihm noch tausendmal für seine Gefälligkeit. Als die Frau wieder heimkam, so fand sie ihren Sohn, der aus dem Feld zurückgekehrt war. Sie erzählte ihm, was sie für unerwartete Dinge erfahren hätte, und setzte dann hinzu: »Ich freue mich recht, dass ich Gelegenheit gefunden habe, meinem armen Mann etwas zu schicken. Wer hätte sich vorgestellt, dass er im Himmel an etwas Mangel leiden würde?«

Der Sohn wunderte sich sehr. »Mutter«, sagte er, »so einer aus dem Himmel kommt nicht alle Tage, ich will gleich hinaus und sehen, dass ich den Mann noch finde. Der muss mir erzählen, wie's dort aussieht und wie's mit der Arbeit geht.« Er sattelte das Pferd und ritt in aller Hast fort. Er fand den Bauern, der unter einem Weidenbaum saß und das Geld, das im Beutel war, zählen wollte. »Habt Ihr nicht den Mann gesehen«, rief ihm der Junge zu, »der aus dem Himmel gekommen ist?«

»Ja«, antwortete der Bauer, »der hat sich wieder auf den Rückweg gemacht und ist den Berg dort hinaufgegangen, von wo er's etwas näher hat. Ihr könnt ihn noch einholen, wenn Ihr scharf reitet.«

»Ach«, sagte der Junge, »ich habe mich den ganzen Tag abgerackert, und der Ritt hierher hat mich vollends müde gemacht. Ihr kennt den Mann, seid so gut und setzt Euch auf mein Pferd und überredet ihn, dass er hierherkommt.«

Aha, dachte der Bauer, das ist auch einer, der keinen Docht in seiner Lampe hat. »Warum sollte ich Euch den Gefallen nicht tun ?«, sprach er, stieg auf und ritt im stärksten Trab fort.

Der Junge blieb sitzen, bis die Nacht einbrach, aber der

Bauer kam nicht zurück. Gewiss, dachte er, hat der Mann aus dem Himmel große Eile gehabt und nicht umkehren wollen, und der Bauer hat ihm das Pferd mitgegeben, um es meinem Vater zu bringen. Er ging heim und erzählte seiner Mutter, was geschehen war: Das Pferd habe er dem Vater geschickt, damit er nicht immer herumzulaufen brauche. »Du hast wohl getan«, antwortete sie, »du hast noch junge Beine und kannst zu Fuß gehen.«
Als der Bauer nach Haus gekommen war, stellte er das Pferd in den Stall neben die verpfändete Kuh, ging dann zu seiner Frau und sagte: »Trine, das war dein Glück, ich habe zwei gefunden, die noch einfältigere Narren sind als du. Diesmal kommst du ohne Schläge davon, ich will sie für eine andere Gelegenheit aufsparen.« Dann zündete er seine Pfeife an, setzte sich in den Großvaterstuhl und sprach: »Das war ein gutes Geschäft, für zwei magere Kühe ein glattes Pferd und dazu einen großen Beutel voll Geld. Wenn die Dummheit immer so viel einbrächte, so wollte ich sie gerne in Ehren halten.« So dachte der Bauer, aber dir sind gewiss die Einfältigen lieber.

Nachwort

Die Brüder Jacob (1785–1863) und Wilhelm Grimm (1786–1859) wurden als Söhne eines Juristen in Hanau geboren, studierten in Marburg Rechtswissenschaft und erhielten nach kurzer bibliothekarischer Tätigkeit den Ruf an die Universität Göttingen. Sie gehörten zu den »Göttinger Sieben« Professoren, die 1837 ihres Amtes enthoben wurden, weil sie gegen die Aufhebung der Verfassung protestiert hatten. Ab 1841 lehrten sie als Mitglieder der Akademie der Wissenschaften an der Berliner Universität. Neben ihrer Tätigkeit als Sprachwissenschaftler sammelten die Brüder seit 1805 Märchen, Fabeln und Sagen. In der damals noch weitgehend mündlich überlieferten Volksliteratur glaubten sie Zeugnisse unverfälschter deutscher Naturpoesie zu finden, deren schriftliche Verbreitung auch zur Stärkung deutschen Kulturbewusstseins beitragen sollte.

Volksmärchen wurden zu keiner Zeit und in keiner Kultur für Kinder erzählt. Doch schon der erste Band der insgesamt zweihundert gesammelten Märchen, 1812 unter dem Titel »Kinder- und Hausmärchen« erschienen, sah Märchen als für Kinder besonders geeignete Lektüre an. Dahinter stand die Überzeugung, dass Kinder mit den Erzählformen und Mythen, die schon sehr früh, sozusagen in der Kindheit eines Volkes oder Kulturkreises wachsen, besonders eng verbunden bleiben.

Um den Volkston zu treffen und Kinder anzusprechen, hat Wilhelm Grimm den ursprünglich nach Gewährsleuten notierten Text bearbeitet. Dabei floss viel von den Vorstellungen der Zeit und dem Sprachgebrauch des Bearbeiters ein.

Inzwischen sind die Grimm'schen Märchen zum Kernstück deutschsprachiger Kinderliteratur geworden. Trotz aller Angriffe, die hauptsächlich den vermeintlichen Grausamkeiten und der erdrückenden Autorität der allgegenwärtigen Märchenschemata gelten, gehören sie – ob vorgetragen, gelesen oder in audiovisuelle Medien übertragen – noch immer zu den beliebtesten und bekanntesten Erzählstoffen.
Wie die meisten Ausgaben der Grimm'schen Märchen folgt auch die vorliegende Auswahl von fünfunddreißig bekannten und weniger bekannten Stücken der 7. Ausgabe »letzter Hand« von 1857. Die Illustrationen stammen von dem international bekannten und vielfach preisgekrönten dänischen Maler Svend Otto Sörensen (1916–1996). Volksmärchen lassen der Vorstellungskraft viel Raum. Gute Märchen-Illustrationen erkennt man nicht zuletzt daran, dass sie die Fantasie des Betrachters anregen und nicht einengen. Die Charakterstudien, Bewegungsabläufe, Raumskizzen und Tierszenen von Svend Otto S. unterstützen die Suche des Lesers nach einem eigenen inneren Bild der Geschehnisse, das Jacob und Wilhelm Grimm mit der bearbeiteten Wiedergabe alten Erzählgutes in ihm wecken wollten.

Birgit Dankert